居眠り同心 影御用16

早見 俊

時代小説

二見時代小説文庫

悪手《あくしゅ》斬り——居眠り同心 影御用16

目次

第一章　待ったなし

一

　「どうも、上達しませんな」

　蔵間源之助《くらまげんのすけ》は碁盤《ごばん》に視線を落としながら自嘲《じちょう》気味な笑みをこぼした。源之助は黒石すなわち先番、対局する杵屋善右衛門《きねやぜんえもん》は白番であるが、この二人、碁の腕に差はない。対局毎《ごと》に黒になったり、白になったりしている。

　「それなんでございますよ」

　善右衛門が応じたため、源之助は顔を上げた。何処《どこ》へ打とうかと思案している時に漏らした独り言《ひとりごと》で、答えを期待したわけではない。ところが、思いもかけず善右衛門が反応したことに戸惑いと小さな驚きを感じた。

善右衛門は真顔で続けた。

「先日、妙蓮寺《みようれんじ》のご住職宝生《ほうしよう》さまとお話しをしたのです」

「碁が達者な和尚《おしよう》さまですな」

源之助が返したように三河町《みかわちよう》にある浄土宗《じようどしゆう》の寺、妙蓮寺の住職宝生は碁が達者だと評判だった。本人はあくまで趣味の範囲内と謙遜《けんそん》しているが、碁に自信のある檀家《だんか》の商人、職人ばかりか、武士までも墓参を名目に訪れては、勝負を挑んでいる。宝生は至って温厚な人柄のせいか、いつもにこにこと応戦し、対局のあと、親切に碁を教授してくれたりもするそうだ。

善右衛門も妙蓮寺に墓参の際、

「偶々《たまたま》、宝生さまがお手すきでございましたので、相手をしていただいたのでございます」

「ほう、で、いかがでしたか」

源之助は黒石を持ったまま善右衛門の話に引き込まれた。善右衛門は脇に置いた茶を一口啜《すす》ってから、

「五子置きの先番で対局させていただいたのですが、もちろん、わたしの負けでした。ですが、負けは負けでも、一方的なものではなく、なんと申しましょうか、とても楽

しく、しかもわくわくしながら碁を打つことができました。まあ、宝生さまが楽しませてくれたのでしょう。それで、対局後にお聞きしたのでございます」

善右衛門は宝生にどうしたら碁が強くなるのか問うたそうだ。源之助も気になるところである。

この二人、昨年の冬頃より碁に夢中になっている。

蔵間源之助は、白衣帯刀《はくいたいとう》、小銀杏《こいちょう》に結った髷《まげ》という八丁堀《はっちょうぼり》同心特有の身形《みなり》、浅黒く日に焼けたいかつい顔と相まって、近づきがたい男だ。その男が碁に勝ったとなると無邪気な笑顔を見せるのだから、のめり込みようがわかる。

一方、善右衛門の碁への情熱も源之助に劣るものではない。善右衛門は日本橋長谷川町《にほんばしはせがわちょう》にある老舗《しにせ》の履物問屋《はきものどんや》杵屋の主《あるじ》で町役人《ちょうやくにん》も務めている分限者《ぶげんしゃ》だ。源之助とは付き合いが長く、八丁堀同心と商人という身分を越えた交流を続けてきたが、碁を打つようになってからは親密度は一層高まっている。

この日、文化《ぶんか》十三年（一八一六）如月《きさらぎ》の十六日の夕刻も杵屋の居間で対局に及んでいた。

「で、宝生さまはどうせよと……」

掌《て》の中にある黒石を握りしめてしまった。

善右衛門は表情を引き締めた。日頃の温厚さがなりをひそめる。それを見ただけで善右衛門の碁へののめり込みようがわかる。もっとも、源之助も善右衛門のことは言えないのだが……。

「逆に宝生さまから訊かれたのです。杵屋さん、対局中に待ったをしていませんか、と」

善右衛門は恥じ入るように目を伏せた。それからおもむろに、

「しております、と答えました。実際、蔵間さまとは、一局の間に何度も……」

善右衛門はここで口を閉ざした。どきりとした。いかにもその通りだ。一時は待ったはなしでやろうということにしたのだが、長続きはせず、どちらからともなく、「待った」の声を上げ、お互いがなんの気なしに受け入れてきた。

「実際、待ったを打っているようなものですな」

源之助も自戒の念を抱きながら言った。

「宝生さまは、待ったをしていては、何時《いつ》まで経っても碁は上達しない、とおっしゃられたのです」

「勝負に待ったはありませんからな。いかにも、待ったを繰り返しておっては上達するはずもなし、ですな」

源之助は痛い所を突かれたと思い、黒石を碁盤に置いた。善右衛門は白石を持ちながら、碁盤を睨《にら》む。日頃みかけない善右衛門の様子だ。それは、厳しいというよりは怖いくらいの表情だった。二人は黙々と碁を打った。しばらくして、源之助の番となった時に手が止まった。どうしようかと思案をしたところで善右衛門がため息を吐《つ》いた。善右衛門の苛立《いらだ》ちのように思え、早くせねばと焦って黒石を置いた。

置くと同時にしまったと後悔した。ここに打ってはよくない。反射的に、

「ちょっと、待った」

と、声を上げていた。

同時に善右衛門は白石を置いた。まさしく源之助にとっての急所で、それに気付いたからこその待ったをかけたのである。善右衛門は源之助を睨んできた。恐い目をしている。

「待った、でございますか」

言葉遣いこそ丁寧だが、口調は剣呑《けんのん》である。いかにも源之助を咎《とが》めているようで、嫌な気分にさせられた。

「これ、待ってはくださらぬか」

ついつい弱気になり、媚《こ》びるような物言いをしてしまう。善右衛門は一口茶を飲み、

「待ったはなしにするのではございませんでしたかな」

いかにも鼻についた。

「それは、そうでしたが、これは、ちょっと置き間違えたのです」

苦しい言い訳と思いつつも言った。

「間違い……でございますか」

善右衛門は鼻で笑った。

「いかにも、間違いで、本当はここに」

源之助は善右衛門が白石を置いた目を指差した。善右衛門は仰《の》け反《ぞ》った。いかにも大仰《おおぎょう》な仕草である。

「わたしが置いたから、気付かれたのではないのですか」

「いや、そうでは……ござらぬのだが」

負い目を感じているから口調が鈍る。

「待ったは、なしということでしたがな」

善右衛門は深く息を吐いて白石を取り除いた。

確かに待ったなしでやろうと話したばかりだ。その舌の根も乾かぬうちに待ったをかけたのだから、悪いのは自分だ。間違いなどと言ったが、はっきり言って待ったである。それでも、善右衛門の言葉は癪《しゃく》に障《さわ》る。人の弱みにつけこまれたような気分にさせられた。

しかし、待ったはしないと約束したのだ。

「そうでした。待ったなしということでした。このまま、続けましょう」

「よろしいですよ。蔵間さまの待ったはお受けします」

善右衛門の顔から薄笑いが漏れた。

「いや、結構」

源之助も意地になってしまった。

「待ったでよろしゅうございます」

善右衛門も意固地だ。

「待ったなしということで」

「ですから、一度きり待ったをお受けします」

善右衛門の目は尖《とが》っている。その上、いかにも恩着せがましくて癇《かん》に障った。

「待ったなしで結構です」

口調を強めた。

「待ったでいいです。他ならぬ蔵間さまですから」

善右衛門も譲らない。源之助が反発しようとしたのを制し、

「蔵間さまには、ひとかたならぬお世話になっておりますからな。なにせ、善太郎《ぜんたろう》を真人間にしてくださったのは蔵間さま、その御恩に報いるためにも待ったでよろしゅうございます」

善太郎は善右衛門の息子、一粒種《ひとつぶだね》である。かつて、放蕩《ほうとう》に身を持ち崩し、賭場《とば》に入り浸った。やくざ者とつるみ、自堕落《じだらく》な暮らしをしていたのを源之助が連れ戻し、更生の道を歩ませた。その後、善太郎はまっとうな商人となり、今では事実上店の切り盛りをしている。

確かに善太郎に更生の道を歩ませたのは自分だし、善右衛門も善太郎も感謝の念を忘れてはいない。しかし、今、この場で持ち出されるような話ではない。善太郎を更生させたことで、源之助は恩を着せたことなどないし、待ったを受け入れる理由にされるのはいかにも取って付けたようで不愉快だ。

底意地が悪いにもほどがある。腹が立つが必死で我慢をした。そのため、無口になってしまう。そんな源之助に、

「そうですな。こう致しましょうか。わたしの方は、待ったは致しません。蔵間さまは待ったあり、ということで対局を続けましょう。蔵間さまにはお世話になっているのですからな」

その物言いは皮肉を通り越し、源之助を馬鹿にするものだった。堪忍袋《かんにんぶくろ》の緒《お》が切れるというが、今まさに源之助の心の中でぷつんという音が鳴った。

「なんですか、その物言いは」

全身が怒りで震えた。

善右衛門は気圧《けお》されたように口をあんぐりとさせたが、

「まあ、まあ……」

その落ち着いた物言いが怒りに拍車《はくしゃ》をかける。

「約束を違《たが》えて待ったをしたのは、わたしの間違い。待ったはなしでと申したでしょう」

「ですから、待ったでよろしいと申しておるのです」

善右衛門も怒りが込み上げたようで顔が朱《しゅ》に染まった。

「善太郎のことを持ち出すとはどういうことですか……」

「待ったでいいと申しましたでございましょう」

善右衛門が突っぱねたところで、その善太郎が入って来た。

「大きな声で……。どうしたんだい」

善太郎は目を白黒させている。

「なんでもない」

源之助が吐き捨てると、

「おまえのことで、蔵間さまにお礼を申し上げたところだ」

善右衛門は善太郎を睨んだ。

「ええ、あたしの……」

善太郎が戸惑うのも無理はない。

「帰る！」

源之助は勢いよく立ち上がった。

善太郎が碁盤に視線を落とす。碁盤は埋まっていない。

「まだ、勝負はついていないじゃありませんか。ゆっくりしていってくださいよ」

善太郎の引き止めに聞く耳を持たず、源之助は足早に居間から出て行った。

二

八丁堀の組屋敷に戻った。

母屋《おもや》の格子戸を開け、

「ただいま戻った」

ぶっきらぼうに声を放つ。妻の久恵《ひさえ》が奥から歩いて来て三つ指をつこうとしたが、挨拶《あいさつ》を受けることもなく上がり框《かまち》に足をかけた。

「お早いお帰りでございますね」

久恵の言葉を聞き流して廊下を奥に進む。

久恵には、杵屋で善右衛門と碁を打ってくると言っておいた。いつもなら、もっと夜更けになるのだが、今日は喧嘩《けんか》別れとなってしまったため、一局も終えずに帰って来た。早いはずである。

「悪いか」

後ろからついて来る久恵に振り向きもせず怒りをぶつけてしまった。久恵は無言で源之助から大刀を受け取ると付き従って廊下を歩いた。居間に入ってから源之助は、

「飯」

と、ぶっきらぼうに言い放った。

久恵は戸惑いの眼差しで、

「あの……、用意しておりませんが」

そうだ。

善右衛門宅で碁を打つ時は食事はいらないと言ってある。杵屋では食事が出されるのだ。久恵は源之助の不機嫌なことを気にかけたのだろう。

「すぐにお支度しますのでお待ちください」

「待つ……。いや、よい」

「しばし、お待ちください」

久恵の気遣いはわかるが、待つという言葉が引っかかった。

「待てぬ」

吐き出すように言うと、立ち上がって寝間へと向かった。

「何かあったのですか」

久恵が追いかけて来た。

「何もない」

「でも……」

「何もないと申したであろう」

「でしたらよろしいのですが……。お食事の支度をしておきますから、湯屋にでも行かれたらどうですか」

　そうしようか。このまま眠れるものではない。湯に入って、気持ちを落ち着かせよう。

「湯へ行ってくる」

　源之助が羽織を脱ぐと、久恵は手拭を持って来た。手拭を肩に掛け玄関に向かう。格子戸を開けた途端に、美津《みつ》と出くわした。息子源太郎《げんたろう》の妻である。南町奉行所きっての暴れん坊と評判の矢作兵庫助《やはぎひょうごのすけ》の妹だけあって、勝気な面を持っているが料理上手《じょうず》のしっかり者という女房らしさも合わせ持っていた。二年半前の文化十年の神無月《かんなづき》に夫婦《めおと》となり、屋敷内の敷地に新造した家で源太郎と暮らしている。

「今日の碁、いかがでしたか」

　美津に悪気はない。それどころか、碁が得意で、懇切丁寧《こんせつていねい》に手ほどきをしてくれる。

「碁はやめる」

　美津に言葉を投げかけ、急ぎ足で木戸門を出た。

「どうしておやめになるのですか」

美津の不審げな声を背中で聞きながらもそれを振り切って、近所にある亀《かめ》の湯《ゆ》へと向かう。

道々、十六夜《いざよい》の月に八分咲きの桜が浮かんでいる。日本橋長谷川町の杵屋からの帰途にも桜の木がいくつも植わっていたが目に入らなかった。それくらい気が立っていたということだ。

「碁敵は憎さも憎し懐かしし、か」

源之助はかつて流行《はや》った川柳《せんりゅう》を口ずさんだ。


亀の湯に入ると番台《ばんだい》に湯銭を置き、脱衣所に入ると乱暴な所作で着物を脱ぎ、乱れ籠に投げ入れてから石榴口《ざくろぐち》を潜る。薄闇に湯煙が立ち上り、目が慣れるまでかけ湯をしてから湯船に身を浸す。朝湯に比べればずいぶんと温《ぬる》いが、感情が昂《たかぶ》っている今はありがたい。目を瞑《つぶ》り、湯に包まれていると少しは落ち着いてきた。

——たわいもないことだった——

実にたわいのないことでの喧嘩だ。善右衛門とは永年の付き合いになるが、喧嘩どころか言い争いもしたことがなかった。善右衛門は立派な商人であり、分別ある男だ。

町役人を務めるにふさわしい人柄と品格を備えている。源之助に対しては、息子善太郎を更生させてくれたという感謝もあるだろうが、誠実に接してくれ、町奉行所の同心、町人という身分を越えた付き合いをしてきた。

それが、こんなにも呆気《あつけ》なく関係が悪化してしまうとは。「碁敵は憎さも憎し懐かしし」という川柳が実感できる。

冷静になってみると、反省しきりとなったが、こちらから詫《わ》びるまでには踏ん切りがつかない。自分は武士で善右衛門は町人だからという身分差からの奢《おご》りではない。恥ずかしいのだ。

大人げない振る舞いをしたと、恥ずかしさが先に立ってしまう。それに加えて、

──善右衛門のことだ──

きっと、詫びを入れてきてくれるだろうという期待がある。それは、甘えに他ならないのだが、ついつい自分に都合よく考えてしまうのだ。

湯船を出て脱衣所に行くと手拭で身体を拭き着物を着た。空腹を覚えた。すぐに帰りたいが、食膳が整うまでにはもう少しかかろう。それならと二階へと上がる。

湯屋の二階は社交場だ。みな、思い思いにくつろいでいる。草双紙《くさぞうし》を読む者、世間話に高ずるもの、将棋《しょうぎ》を差す者、もちろん、碁をやっている者もいた。ついつい、

碁盤に吸い寄せられる。町人らしい二人が碁盤を睨み、真剣な眼差しで対局をしていた。

見ているとつい、

「ああ、そこ」

と、いう言葉が漏れた。源之助から見ても明らかにへぼで一手、一手がまどろこし
い。二人は源之助に顔を向けてきて、

「旦那、黙っててくださいませんかね」

「あっしら、へぼ同士で楽しんでいるんですから」

「ああ、すまん」

口をつぐむと源之助が怒ったと受け取ったのか、黒石の方が機嫌を取るように、

「碁、おやりになるんですか」

「いや」

つい口ごもった。

「おやりになるんでしょう。よろしかったら、どうです」

「いや、やらん」

源之助は座を払うや、そそくさと階段を下りた。

「ふん、碁なんぞ」

源之助はぶつぶつと呟《つぶや》きながら組屋敷に帰って来た。居間には食膳が整えられていた。鰯《いわし》の焼き物と豆腐《とうふ》の味噌汁《みそしる》、沢庵《たくあん》に丼飯《どんぶりめし》である。久恵が給仕しようとしたが、

「よい、一人で食べる」

久恵は源之助の不機嫌さを思ったのだろう。お先に失礼しますと寝間へと向かった。

黙々と飯を食べる。頭の中には善右衛門と打った碁のことばかりが過《よ》ぎる。

やはり、こちらから詫びを入れようか。そうだ、明日にでも。

そう自分に言い聞かせる。意地になってはいかん。歳のせいだ。いや、意地っ張りなのは歳を取ったからではなく、気性の問題なのだが。

源之助は食事を終え、寝間へと向かった。廊下ではたと思った。

温和な善右衛門だが、意外と意地っ張りである。素直に詫びを受け入れてくれるかどうか。やはり、善右衛門が詫びてくるまでじっと待っているのがいいか。

源之助が苦悶している頃、善右衛門も苦い顔をしていた。

「おとっつあん、どうしたんだい」

善太郎が言った。

「別にどうもしやしないよ」

善右衛門はぶっきらぼうに返す。

「そんなことないだろう。蔵間さま、怒って帰ったじゃないか。どうして喧嘩したんだい」

「喧嘩……。喧嘩じゃないよ。碁を打っていただけだ」

「碁のことで、喧嘩したんじゃないのかい。蔵間さまも、おとっつあんも碁になると夢中で、他のことは頭に入らなくなるんだから」

「うるさい」

善右衛門はぷいと横を向いた。

「仲直りしたらどうだい」

「余計なお世話だ」

「なんなら、明日にでも、おれが蔵間さまを訪ねるよ。おとっつあんが悪かったって、蔵間さまにお詫びしたいと申しておりますって、言っといてやるよ」

「あたしは悪くないよ」

善右衛門は口をへの字に曲げた。

「方便《ほうべん》だよ」

「方便じゃない。実際、悪いのは蔵間さまの方だ。待ったなし、と約束しながら待ったをした挙句《あげく》、せっかく受け入れたのに、臍《へそ》を曲げてしまわれたんだから。子供じゃないっていうんだ」

「子供っていやあ、お互い様だよ。高々、碁のことで」

　善太郎は薄笑いを浮かべた。

「高々碁とはなんだ」

　善右衛門の怒りの火に油を注いだようになってしまった。

「まったく、しょうがないな……。たとえ、こっちが悪くなくても、頭を下げるのが商人ってもんじゃないのかい」

「おまえに、商いの説教をされる覚えはないよ」

「それはそうだけどさ」

　善太郎が宥《なだ》めようとしたところで、

「おまえ、そんな姿勢だから、商いも駄目なんだよ。こっちが悪くなくても謝ってばっかりいて、この前だってそうじゃないか。お客さまの方で、釘を踏み抜いたのに、うちの雪駄《せった》が悪いって謝ったりして」

善右衛門の怒りの矛先《ほこさき》は善太郎の商いぶりに向けられた。

「それは……」

言い訳しようとしたが、

「杵屋の暖簾《のれん》を汚さないでおくれな」

善右衛門は釘を刺すと、居間から出て行った。

「しょうがないな」

善太郎はため息を吐いた。

時が解決するだろう。

「碁敵は憎さも憎し懐かしし、か」

善太郎はおかしげに笑った。

三

あくる十七日、善右衛門は碁盤に石を並べ始めた。棋譜《きふ》を見ながら並べているのだが、なんともつまらない。善太郎からそんなに碁を打ちたければ、蔵間さまと仲直りをすればいいじゃないかと言われたが、

「そんなことできるもんか」

ついい、言葉を荒らげてしまう始末だ。

「なら、碁会所でも行ったらいいじゃないか。本石町《ほんこくちょう》にあるよ。とにかく、一日、何もせずに陰気な顔をされていたら、こっちまで気が塞《ふさ》いじゃうよ」

それもそうだとわかっているが、碁会所へ行く度胸はない。見知らぬ者相手に対局できる腕ではないと自覚している。

「碁会所なんか、行けるもんかね」

そう呟いた。

しかし、反面、碁会所ならば、待ったをすることもなかろう。待ったをしなければ、一局、一局が真剣勝負になる。そうなれば、これまでのように、源之助と世間話をしながら気儘《きまま》に打つのとはまるで違う碁となるはずだ。きっと、上達するだろう。

このあと、源之助と和解して対局した時に、源之助が自分の上達ぶりに目を丸くするのを見てみたい。

「行ってみるか」

善右衛門は身支度をして家を出た。

「確か、この辺りだったな」

呟きながら、日本橋本石町の往来へやって来た。胸の中のもやもやを映し出すかのような曇《くも》り空である。分厚く黒ずんだ雲が空を覆《おお》い、今にも雨が降ってきそうだ。傘《かさ》を持ってくればよかったと思ったが、今更引き返す気にはならない。

時の鐘の裏手にあるしもた屋が碁会所である。その前に至った。格子戸の前まで来て、入ってみようかと思うが、躊躇《ためら》ってしまう。腹が決まらない。

「やっぱり、やめておこう」

くるりと背中を向けた。二歩、三歩進んだところで立ち止まる。せっかく足を運んで来たのだ。

入ってみよう。

いや、やめとこう。

明日だ。明日もう一度来るとしよう。

我ながら情けない。

何を躊躇っているんだと自分を責める。

すると、首筋にぽとりと冷たいものを感じた。見上げると、大粒の雨が落ちてくる。見る見るうちに、雨脚が強くなってきた。やはり、傘を持って来るべきだったと反省

しながら羽織を頭に被《かぶ》ったところで、

「よろしかったら、雨宿《あまやど》りしてらしてください」

優しげな女の声が聞こえた。振り向くと、碁会所の前で、妙齢《みようれい》の娘がこちらを見ている。優しげなのは、声だけではない。笑みを浮かべた面差しからも醸《かも》し出されている。こぼれるような慈愛に満ちたその笑顔は、拒絶しがたい魅力に溢《あふ》れていた。

髪型からして武家の娘のようだ。

「お風邪《かぜ》をお召しになられますよ」

娘に声をかけられ、自然と碁会所へと足が向いた。娘が格子戸を開ける。

「いやあ、急に降りだして」

善右衛門は言い訳がましいと思いながらもそう言った。中に入ると、小上がりになった座敷が広がっている。いくつも碁盤が並べられ、何組かが対局に熱中していた。

碁石を打つ音が響き、つい引き込まれてしまう。

「碁、おやりにいらしたのですか」

「ええ、いえ、その……。ちょっと、どんなものかなと」

遠慮がちながらも対局を目《ま》の当たりにするとやりたくなってきた。

「お好きなのではございませんか」

「好きは好きですが、とんだ笊碁《ざるご》でしてな、正直なところ、碁会所で打てるような腕などないのでございます」

たおやかな笑みを見せる娘に対してみれば、虚勢を張ることなく素直になれた。

「お上手《じょうず》な方ばかりではないですよ」

「とてもとても」

善右衛門が頭を掻いたところで、

「では、わたくしと対局致しましょう」

「あなたと……」

少しの戸惑いはあるが、先ほどから対戦したいという気持ちが生じていた。

「よろしいですか。何度も申しますように下手《へた》でございますよ」

「わたくしも上手ではありません」

娘に誘われるまま、空いている碁盤で向かい合った。娘はきちんと正座して、

「比奈《ひな》と申します」

比奈は近くに住まいする御家人《ごけにん》三橋丈一郎《みつはしじょういちろう》の娘ということだった。やはり、武家の娘だった。それにふさわしい品性を漂わせている。

「女だてらにと、お思いでしょう」

「いや、そんなことは……」

そんなことはないと言おうとしたが、武家の娘がどうして碁会所に来ているのだろうかという興味もある。比奈は善右衛門の心の内を見透かしたのか、

「父の相手をするうちに、碁に夢中になってしまったのです」

比奈の父三橋丈一郎は無類の碁好きなのだとか。その相手をさせられるうちに、覚えてしまい、自分でも腕試しがしたくなって、碁会所にやって来るようになったという。

「父には内緒なのです」

比奈は悪戯《いたずら》っぽく微笑むと碁盤に視線を落とした。その様子は武家の娘というよりは、遊びに夢中になる子供のような純心さに満ちていた。

善右衛門が黒石、比奈が白石となった。対局が始まると、比奈の表情は一変した。たおやかな表情は鳴りを潜め、厳しい表情で碁盤を睨んでいる。

善右衛門も対局にのめり込んでいった。

しばらく対局を楽しんだ。一時（二時間）ほどが過ぎた頃、三局を戦い。善右衛門の一勝二敗であった。一番でも勝てたということがうれしいが、それよりも、比奈と

の対局が楽しくてならなかった。

一番勝ったのは、花を持たせてくれたのではと思う。

「わたくし、そろそろ」

比奈は言った。

「そうですな、今日は楽しゅうございました」

「こちらこそ、無理にお誘いして申し訳ございませんでした」

比奈はにっこりと微笑み、席を立った。甘やかな残り香が、楽しかった対局と共に善右衛門の記憶に深々と刻まれた。

「あの……」

比奈の背中に声をかけてしまった。

比奈が振り返る。

「また、よろしかったら、対局願えませんか」

「もちろんでございます。ただ、父の目を盗んでまいりますので、いついつとは申せませぬが」

「もちろんでございます」

比奈の答えに失望を禁じ得ぬが無理強《じ》いはできない。善右衛門は、再び、比奈と対局できる日を夢見ながら碁会所をあとにした。

三日後の二十日の朝、源之助は江戸城呉服橋御門《ごふくばしごもん》内にある北町奉行所へと出仕《しゅっし》した。正門である長屋門《ながやもん》脇の潜り戸から身を入れる。門から奉行所の玄関へは、一直線に石畳《だたみ》が貫き両側に那智黒石《なちぐろいし》が朝日に煌《きら》めいている。それがどうも黒の碁石に見えて仕方がない。善右衛門といさかいを起こしてから碁は打っていない。

今日こそ、善右衛門が詫びに来ると淡い期待を胸に両御組姓名掛《りょうおんくみせいめいがかり》へと向かった。

仕事は南北町奉行所の与力、同心の名簿作成である。本人や身内が死亡したり、縁談があったり、子供が生まれたりした時に、その都度《つど》名簿に書き加えていく。いたって閑《ひま》な部署で、南北町奉行所合わせて源之助ただ一人という閑職だ。

人呼んで居眠り番。

従って、奉行所の建屋内に部屋はない。築地塀《ついじべい》に沿って建つ土蔵の一つを間借りしている。それはそれで、源之助には都合がいい。勝手気儘に過ごせるし、煩《わずら》わしい人間関係に気を遣うこともない。

土蔵の中では、三方の壁に棚が立ち、南北町奉行所別に、与力、同心の名簿がずらりと並んでいた。

板敷には畳が二畳敷かれ、文机《ふづくえ》や火鉢《ひばち》が置かれている。今朝は寒《かん》が戻ったかのようだ。火箸《ひばし》で灰を掻き混ぜ、火を熾《おこ》した。

火鉢に手をかざしながら、さて何をするかと思案をした。するとほどなくして、

「お早うございます」

という声がした。

善太郎である。縞柄《しまがら》の着物に杵屋の屋号が染め抜かれた前掛けをし、大きな風呂敷包みを背負っている。中味は下駄《げた》、雪駄《せった》、草履《ぞうり》といった品々で、善太郎は新規に出入りできる商家や武家屋敷を商って歩くことを日課としている。今朝も商いの途中なのだろうが、それだけではあるまい。

「入れ」

つい声が弾んでしまう。善太郎はきっと、善右衛門の使いでやって来たのだろう。とうとう和解しようと寄越したのに違いない。本人が来るのが当たり前だと思うが、お互い、意地もあることだし、ここは受け入れよう。善太郎が歩いて来て風呂敷包みを脇に置くと源之助のそばで正座をした。型どおりの挨拶を終えてから、

「蔵間さま、父と喧嘩なさいましたな」

「喧嘩と申すほどではないが」

「だから、碁というのは始末に負えないのですよ」

善太郎はおかしそうに笑った。

「それで……」

それで、何しに来たのだ。善右衛門の使いであろうという思いを言葉に込めたつもりだったが、

「商いで近くへまいりましたので、ご機嫌伺《うかが》いでございます」

と、懐中から竹の皮に包んだ桜餅《さくらもち》を取り出した。

「ご機嫌伺い……」

拍子抜けである。ともかく桜餅をぱくつきながら、

「お元気かな」

と、善右衛門の身を案じた。ところが、善太郎は、

「この通り、元気ですよ」

と、自分の胸を叩いた。

源之助は顔をしかめ、

「おまえじゃない」

善太郎はぴしゃりと自分の額を手で打って、

「そうですか、おとっつあんですね」

「決まっているだろう」

顔をしかめながら、善右衛門が碁を打っているのか尋ねた。きっと、自分同様、碁を打つことができず、苛々《いらいら》としているのだろうと思っていると、

「それが、このところ、碁会所へ通っているのですよ。なんだか、楽しげでございます」

「碁会所……」

善右衛門が碁会所通いとは、意外だ。しかも楽しげだという。自分と大差のない腕であるのに、碁会所とは。急に腕を上げたのだろうか。そんなはずはなかろう。

「碁会所でございますが、日本橋本石町の時の鐘近くの路地を入りまして……」

善太郎は善右衛門が通っているという碁会所を教えてくれた。

四

一日が過ぎるのが長い。元々、閑な部署である。このところは、帰りに杵屋に立ち寄って碁を打つ楽しみがあったのだが、それもかなわないとなると、鬱屈《うっくつ》した思いが

胸に溜まる一方だ。

昼近くになり、訪問者があった。

例繰方《れいくりかた》の与力桃井陣十郎《ももいじんじゆうろう》である。威儀を正し、桃井を迎えた。ふと見ると、文机の上に桜餅を出したままだ。桃井が視線を向けたため、

「お一つ、いかがですか」

と、反射的に勧めてしまった。桃井も、では、と桜餅を一つ手に取った。慌てて茶を淹《い》れて勧《すす》める。桃井は美味《うま》そうに食べてから、

「菊地《きくち》が死んだことは存じておるな」

菊地とは菊地作次郎《さくじろう》、例繰方の同心だ。

「確か、一昨日のことでしたか」

「両国《りようごく》に夜釣りに行って、足を滑らせたそうだ」

「では、溺死ですか」

桃井がうなずく。検死はしたが、特に不審な点はないという。両国橋の辺りは流れが急である。目撃者は、既に菊地が川に浮いてからということだった。

「堤《つつみ》から足を滑らせ、大川に落ちたところを見た者はいないのですな」

「おらぬな」

一昨日は居待ち月が出ていた。月明かりで見通しは良かったはずである。足を踏み外すというのは不自然なような気がする。

「これは、ひょっとして」

源之助が言うと桃井もうなずく。

「吟味方《ぎんみかた》与力の早崎《はやさき》左京亮《さきょうのすけ》殿が事件性はないと判断されたのだが、わしは得心が行かぬ。蔵間、内密で調べてみてはくれぬか」

定町廻《じょうまちまわ》りに任せようかと思ったが、このところ、多忙のようで言い出すことができないという。それに、吟味方与力が事件性がないと判断した以上、その吟味に異を唱えることはできない。

早崎左京亮は、切れ者の吟味方与力。その水も漏らさぬ完璧《かんぺき》な吟味はつとに評判で、奉行も全幅の信頼を置いている。それだけに、早崎の吟味に表立って異を唱えることは同じ与力でも桃井にはできないのだろう。

しかしながら、いくら敏腕の早崎でも神さまではない。それにこのところ、多忙を極めている上に、早崎には、いや、北町奉行所には悩ましい一件があった。

正月に捕縛《ほばく》された盗人《ぬすっと》、左官《さかん》の三介《さんすけ》を死罪にした沙汰《さた》だ。左官の三介とは、その二つ名が示すように、左官屋崩れの盗人で、五年前より、自分が左官仕事をした商家に押し入って盗みを働いていたのだが、この正月五日にとうとうお縄になった。

捕まった男は自分は三介ではない、左官は左官だが、まっとうな左官、熊蔵《くまぞう》だと言い張り、夫婦約束をした娘もその男を三介などではなく、熊蔵というのだと証言した。それでも、早崎は吟味の末、熊蔵こそが三介であると断じて奉行に上申《じょうしん》した。奉行は早崎の上申に従って、熊蔵を打ち首に処したのだ。

ところが、熊蔵が死罪となってから、十日後、火盗 改《かとうあらため》が本物の左官の三介を見つけ出し、抵抗したため斬り捨てた。これにより、早崎と北町への批難の声が起きた。以来、今日になっても吟味間違いを糾弾《きゅうだん》する声は止むどころか、高まる一方となっている。

こうした状況である以上、菊地の死について吟味やり直しを表立って求めることができないのは源之助にもよくわかった。

「承知しました。やってみましょう」

源之助は承知した。

「こんなことは、お主にしか頼めんからな」

「閑ですからな」

源之助は苦笑を漏らした。

ある事件の失態により、筆頭同心から居眠り番に左遷《させん》されてからも、源之助の辣腕《らつわん》ぶりを頼って個人的な相談が持ち込まれることが多々ある。大抵は、表沙汰にはできない探索だ。奉行所の手を借りるわけにはいかない役目を担う。

それを源之助は影御用《かげごよう》と呼んでいる。

何はともかく、現場へ行ってみることにした。

間もなく、桜満開となると、両国橋《りょうごくばし》辺りは桜の名所である墨堤《ぼくてい》を目指す男女で一杯になるが、花見まではもう少しかかりそうだ。菊地が夜釣りをしていたという堤までやって来た。両国橋のやや上流である。肌寒い川風に晒《さら》されながら立ち尽くした。

眼下には大川の水面《みなも》が春光に煌めき、水辺にはちらほらと残り鴨の姿があった。川の反対側は本所藤代町《ほんじょふじしろちょう》の街並みが広がっている。その向こうには回向院《えこういん》の巨大な伽《が》藍《らん》が霞《かすみ》がかった青空に映《は》えていた。

昼間となると人通りは多いが、夜更けとなると、ぱったりと人気《ひとけ》はなくなるだろう。参考にはならない。

「夜にも一度来るか」

独り言を呟いた。

両国西広小路の雑踏の中を歩きながら神田《かんだ》方面へと抜ける。ふと、杵屋へ足を向けようと思ったが、やめておいた。ここで、善太郎の言葉を思い出した。

善右衛門は日本橋本石町の碁会所に通っているそうだ。碁会所とは意外な気がしたが、通っているからにはさぞや楽しんでいるのだろう。

ちょっと、覗いてみるか。

「いや、やめておこう」

源之助は自分を戒《いまし》めたものの、やはり、気になってしまう。そんなことを思いながら、つい日本橋に足を向け、本石町にある時の鐘までやって来た。善太郎によると、碁会所は時の鐘の裏手だという。裏手にある路地を入って行くと、果たしてどんつきに碁会所があった。格子戸の前に立つ。閉められたままである。開けてみようか。いや、そんなことをすれば、善右衛門に見られるだろう。こんなところで顔を合わせるとは気が引ける。

源之助は躊躇ってから、しばらく碁会所の前を行ったり来たりした。しばらく様子をみようかと思い、碁会所の前にある天水桶《てんすいおけ》の陰に身を潜ませた。

すると、源之助の願いが通じたのか、格子戸が開き、中から善右衛門が姿を現した。

声をかけようかと一歩踏み出したところで、善右衛門に続いて娘が出て来た。様子からして武家の娘のようである。

「あっ」

思わず声を上げてしまい、気付かれるのではないかと危ぶんだが、善右衛門は娘とにこやかに話すのに夢中とあって、気付かれることはなかった。あの娘と対局していたのだろうか。そういえば、善太郎が言っていた。善右衛門はそれは楽しそうに碁会所へ通っているそうだ。

その理由、碁の楽しさもあるのだろうが、ひょっとしてあの娘にあるのではないか。老いらくの恋。

まさかとは思うが、そんな気がしてならなくなった。


その晩、菊地の通夜が行われた。

例繰方の上役、同僚が出席し、菊地の急死を悲しんでいた。焼香を終え、妻琴美《ことみ》に挨拶をする。詳しい話は後日としよう。息子が見習いとして出仕することになるそうだ。

出席者の中に緒方小五郎《おがたこごろう》がいた。源之助のあと、筆頭同心として定町廻りや臨時廻りを統括《とうかつ》している。元は例繰方であったのだから、菊地とは同じ机を並べていたことになる。源之助と目を合わせると軽くうなずき、隣に座った。

「このたびは急でしたな」

源之助が言うと、

「驚きました」

緒方は気落ちしていた。

「菊地さんとは、親しかったのですか」

「時折、言葉を交わしたことがありました。わたしが、例繰方を離れてからはめっきりと付き合いは途絶えましたな」

緒方はいかにも悔いが残っているかのようだ。

「夜釣りで足を滑らせ、大川で溺死したとのことでしたが」

「そのように報告を受けました」

「以前から、夜釣りが好きだったのですか」

「釣りが好きだと言うことは初耳ですな。以前は、やったとは聞いておりません」

緒方は首を捻《ひね》った。

源之助も軽く舌打ちをしてから、実はと前置きをし、

「桃井さまから、菊地さんの死について調べて欲しいと要請されたのでござる」

緒方は声を潜めて、

「桃井さまは、菊地の死をお疑いのようですな」

「まさしく」

源之助は小さくうなずいた。

「本来なら、うちで調べねばならないのですがな」

緒方は申し訳なさそうだ。

「なに、閑な身でござる」

源之助は笑顔を返す。

ともかく、落ち着いてから妻の話を含め、本格的な調べをすることとしよう。源之助は通夜の席を辞し、再び、菊地が夜釣りをしていた現場へと向かった。


現場へとやって来た。

なるほど、人気《ひとけ》はない。うら寂しい所だが、ちらほらと釣り人がいる。源之助は彼らに話を聞いたが、一昨晩に菊地らしき男を見かけた者はいなかった。何人かからは、ここから足を滑らせた可能性について、なくはないという証言を得られたものの、どうにも手がかりはない。もっとも、ここで不審な証言を得られるようなら、事故として片付けられることはなかったのだ。

事件性が強くはない。あくまで、桃井が怪しいと睨んでいるだけだ。それは、菊地のこのところの秘密めいた所作からであった。何か隠し事をしているような風に見えたということだった。

「殺しか」

呟いてから夜空を見上げる。月夜であるが、川風は冷んやりとしている。春が深まったとはいえ、夜風は身に沁みる。こんな寒い思いをしてまでも、釣りがしたかったのかどうかというと、釣りに興味はない源之助にはわからない。人それぞれに、好きな趣味というものがあるのだろう。

ふと、

「碁もな」

碁だって、やり始めるまでは、一体、どこか面白いのかと疑問に思っていた。それが、今では……。

ふと、善右衛門のことが気にかかった。あの武家の娘は何者なのだろう。碁会所で知り合ったのだろうが、どうしても気になってしまった。

第二章　愚直者の死

一

善右衛門は生き生きとしていた。毎朝起きて、碁会所へ行くのが楽しみで仕方がない。比奈と打った翌日、淡い期待を抱きながら碁会所に足を運んだ。おそらくは、会えないだろうと思っていたのが、比奈のにこやかな笑顔に出会え、どれだけ幸せな気分になれただろうか。

あれから連日、碁を打っている。

それが四日め、対局中に比奈から、

「あの、一つお願いがございますが」

と、白石を置いたところで顔を上げた。善右衛門は手を止め見返す。無言で、比奈

の言葉を待っていると、

「うちに来ていただきたいのです」

「三橋さまの御屋敷でございますか」

善右衛門は問い返した。

比奈はこくりとうなずいて父と碁を打って欲しいと言った。

「わたしごときが……」

善右衛門がご冗談でございましょうとかぶりを振った。

「杵屋さま、是非とも父と打ってもらいたいのです」

比奈が言うには三橋は碁が大好きなのだが、人付き合いが苦手で、碁を打っていた友人が死んでしまい、対局相手を失って碁を打てなくなってしまった。今では何もすることがなくて日がな一日、しょんぼりとしているのだとか。

「杵屋さまを欺《あざむ》いていたようで、申し訳ないのですが……」

比奈は頭を下げた。どうやら、碁会所にやって来たのは、父親の碁の相手を探していたようだ。欺かれたといえなくはないが、嫌な気はしない。比奈と碁を打っていると楽しくてならないし、比奈の父親であれば、素性確かで安心できるというものだ。

「わかりました。わたしのようなへぼでよろしかったら、お伺いしましょう」

善右衛門が応じると、

「ありがとうございます」

比奈は染み透るような笑みを浮かべた。


三橋丈一郎の屋敷は日本橋本石町から北へ五町ほど歩いた紺屋町《こんやちょう》三丁目裏の武家屋敷街の一角にあった。御家人屋敷ということで、それほど広くはない。木戸門の潜り戸に砂を詰めた徳利《とくり》を縄で括《くく》って戸の柱の環《わ》を通してぶら下げてある。戸を開けると徳利は上がり、戸は徳利の重みで閉まる。門番を置くことができない武家屋敷で用いられる、通称徳利門番というやつだ。

「とても、お客さまをお招き致すような屋敷ではございませんが」

比奈は恐縮したが、掃除はきれいになされている。ただ、庭木の手入れは、植木職人に依頼できないのだろう。自前でやっていることを窺《うかが》わせる素人《しろうと》仕事であった。

母屋の玄関に入る。

「ただ今、戻りました」

比奈が声をかけると奥からやや甲高い声が返された。廊下を奥に進み、庭に面した居間へ通された。三橋と思われる中年の武士が碁盤の前に座っていた。質素な木綿《もめん》の小袖《こそで》を着流した三橋は、枯れ木《かき》のように痩《や》せていて、顔も皺《しわ》が多いせいか、比奈からは四十歳と聞いていたが、歳よりも老けて見える。

「父上、お話し致しました杵屋さまです」

　善右衛門は両手をつき、挨拶をした。三橋は、

「このようなむさい所で申し訳ない」

と、恐縮しながらも、挨拶もそこそこに碁を打とうとし始めた。善右衛門が先番、三橋が白番である。その上、善右衛門が五子置いての対局となった。

　さすがに三橋は強い。対局を進めているうちに、善右衛門の実力を見て取ったのだろう。善右衛門に合わせて打ってくれるようになった。善右衛門も心地良く打つことができた。

　打っているうちに、三橋は三年前に妻を亡くし、一人娘の比奈と二人で暮らしていることがわかった。無聊《ぶりょう》をかこっていて、唯一つの慰みが碁であるらしい。

　対局を終えて、

「これからも、よろしく願いたい」

　三橋は言った。

「こちらこそよろしくお願い致します」

善右衛門は三橋の飾らない人柄に好感を抱いた。居間を出ると玄関まで比奈が見送ってくれた。

「今日は本当にありがとうございました」

「こちらこそ」

「父は人見知りが激しいのですが、杵屋さまがお相手ですと、よく話をするので驚きました。きっと、杵屋さまのお人柄にひかれてのことだと思います」

「お人柄などと、申されては照れてしまいます。わたしは商人でございますから、お客さまのお話をお聞きするのが、いわば仕事のようなものです」

善右衛門は気持ちをよくして玄関に立った。

「また、いらしてください」

比奈は丁寧に腰を折る。

「こちらこそ」

善右衛門も頭を下げ、三橋の屋敷をあとにした。

通夜の翌二十一日の昼、源之助は八丁堀にある菊地作次郎の組屋敷を訪ねた。野辺《のべ》の送りを終えた妻琴美に話を聞くことにした。母屋の居間に通され、出された茶を飲みながら、源之助本来の役目である両御組姓名掛としてやって来た、すなわち、名簿作成であることを告げた。家族の生き死にを名簿に反映させるのだ。

「このたびは、ご愁傷《しゅうしょう》さまでした」

改めて悔やみの言葉をかけた。琴美はご丁寧にありがとうございますと、受けてから、

「突然のことでございましたので、聞いた時は実感できず、野辺の送りをし、みなさまから弔問《ちょうもん》を受けましてから、やっと主人が死んだことが実感できた有様でございます」

琴美は言った。

「無理もなきこと。菊地殿は夜釣りがお好きであったのですか」

「そんなことはないのです。確かに釣りは時折、行っておりましたが、夜釣りというのは、あの日が初めてでございました」

三日前の晩、菊地は思い立ったように夜釣りに行くと言いだした。宵五つ（午後八時）、握り飯と五合徳利に酒を詰め、釣り竿と魚籠《びく》を持って出かけて行ったのだという。

「誰かに誘われたのではございませぬか」

そんな気がして仕方がない。琴美は記憶の糸を手繰《たぐ》るようにして視線を斜め上に向けたが、見当がつかないらしく、小首を傾《かし》げるばかりであった。

「最近、何か変わったことはありませんでしたか」

「特には……」

と、答えてからそういえば、菊地の帰りが以前よりも遅くなったことを思い出した。

「そのことで何か菊地殿は申しておられませんでしたか」

「仕事が忙しいとだけ」

菊地は家ではあまり仕事の話はしなかったそうだ。それは、自分も同じことである。また、八丁堀同心の妻たる者、主人の仕事を詮索《せんさく》したりはしない。琴美としては、仕事と言われれば、それ以上は何も聞くことができなかったに違いない。

ここで琴美の顔が不安げに曇った。

「あの、主人は事故ではなかったのでしょうか」

誤魔化《ごまか》すのは琴美の不信感を募らせるだけだ。

「殺しの疑いもあるのです」

「まあ」

琴美は口をあんぐりとさせた。それから、一体、誰にどうして殺されたのですかと畳み込んできて、さらには主人は生真面目な性質で人から恨まれるようなことはなかったと言葉を添えた。遊びもせず、酒を過ごすこともなかったそうだ。

「その主人が……」

琴美は絶句した。

「いや、殺しと決まったわけではござらん」

あわてて訂正したが、琴美の脳裏には主人が殺されたという考えが刷り込まれてしまったに違いない。軽率であったかと悔いたが、後の祭りである。

「ともかく、殺しとなりますと、人さまの恨みを買ったということでございましょう」

琴美は自分の知らない面を持っていたようだと、疑っている。それが、たまらなく辛そうだ。

「蔵間さま、どうか、主人のこと、よろしくお願い申し上げます」

改めて両手をついた。

「何かわかりましたら、お報せ致します」

源之助は軽く頭を下げてから菊地の屋敷をあとにした。

急に思い立って夜釣りに出かけたということが気にかかる。夜釣りを名目に誰かと会っていたのではないだろうか。そう考えるのが自然だろう。

一体、誰と。

菊地は生真面目であったとか。同僚たちから恨まれるとは思えない。誰かといさかいを起こしていたのだろうか。ともかく、調べてみよう。

源之助は夜風に当たりながら自宅への道を歩いた。艶《つや》めいた風が春の深まりを感じさせる。

思わぬ影御用だ。一見して、事故死、その裏には何かあるのだろうか。上役の与力桃井陣十郎は菊地作次郎の死を殺しと確信している。ということは、桃井には何か心当たりがあるということだろう。

桃井にじっくりと話を聞かねば。

そう思い、足を速めた。杵屋善右衛門とのいさかいで生じたもやもやが消えている。探索が何より自分を元気にしてくれる。根っからの八丁堀同心なのだと我ながら思ってしまった。

二

自宅に戻ると、久恵は桃井が待っていると告げた。

「桃井さまが……。こちらから出向くと申せばよかったものを」

桃井を待たせた久恵に文句を言ったが、

「わたくしもそのように申したのです。しかし、桃井さまが……」

久恵は桃井に聞こえるのを憚《はばか》ってか、言い訳することを潔《いさぎよ》しとしないからなのか、囁《ささや》くように言った。どうやら、桃井は源之助の帰りを待っていたようだ。菊地の一件がそれほどまでに気にかかるのだろう。居間には源之助一人で入った。

「夜分、すまぬ」

桃井は裃《かみしも》のままだ。奉行所からの帰りなのだろう。それだけに、菊地の死を気にかけていることを物語っている。

「ただ今、菊地殿のお内儀に会ってまいりました」

源之助は琴美とのやり取りをかいつまんで語った。桃井は黙したまま聞いていた。

「このところ、菊地殿は帰りが遅かったというのですが、例繰方で遅くまで仕事をなさっていたのでしょうか」

桃井は即座に、

「そのようなことはないな」

それは、はっきりし過ぎるほどの物言いで一点の迷いもない。

「すると、奉行所を出て、菊地さんは何処かへ行っていたということになりますな」

源之助の言葉を桃井は否定しなかった。

「やはり、事故ではないと考えるべきか」

桃井の顔は苦渋に満ちている。

「何か、お心当たりがあるのではございませぬか」

源之助は静かに問うた。

「実はのう」

桃井は源之助の家であるにもかかわらず、辺りを憚《はばか》るように声を潜めた。いかにも、口外するなと言いたげである。源之助とてもそのつもりだ。

「実は、五年前の御仕置裁許帳《おしおきさいかちょう》が紛失した」

「なんと」

御仕置裁許帳は、奉行所で扱った事件や訴えに関する吟味と沙汰の詳細が記されている。この御仕置裁許帳を参考に、吟味方与力がどのような沙汰がよいのかを文書にし、奉行に上申《じょうしん》する。奉行はまず吟味方与力の裁許に異を唱えることはなく、御白洲《おしらす》にて裁許を言い渡すのである。その御仕置裁許帳が紛失したとあれば、一大事である。

「幸い、三日の後には出て来たのだがな」

吟味方与力早崎左京亮が持ったままになっていたという。正確無比な吟味を行う切れ者にしては珍しいことだが、完璧を期するが故に、慎重の上にも慎重な検討を重ねるのが早崎で、御仕置裁許帳を丹念に繰《く》り、過去の事例を入念に調べ上げるのが常だそうだ。

「早崎殿に貸したままにしておったのが、菊地であった」

桃井は貸したままにしていた菊地の非を言った。菊地は人柄は誠実、仕事ぶりは生真面目そのものだが、反面、愚直で要領が悪く、決して仕事のできる男ではなかったという。

「早崎さまが御仕置裁許帳を借りたままだったことが、菊地さんの死に関係すると……」

「わからんが、その御仕置裁許帳、一部が真新しかったのだ」

そのことを不審に思った桃井は菊地に問うた。菊地は、その部分が汚れていたため、自分が書き直して閉じ直したのだという。もちろん、内容にいささかの違いもないということだった。

「そのこと、早崎さまは何とおっしゃっておられるのですか」

「借りた際に、夜更けまで御仕置裁許帳を見ていたため、うっかり、茶をこぼしてしまったのだと」

早崎は自分の不始末を大層恥じ入っていたそうだ。

「その時は、事を荒立てることもないとわしも黙っておった。ところが、何か引っかかった」

桃井はその御仕置裁許帳に目を通し、何か違和感を抱いたのだという。

「具合的に何かということはわからない。しかしな、どうも気にかかるのだ」

「ひょっとして、早崎さまか菊地さんが、内容について書き直したとお考えですか」

「そこまでは申さぬがな」

「桃井さま、一緒に、早崎さまの組屋敷へまいりましょう」

源之助は言った。

桃井は迷う風であったが、元来がそのつもりであったのだろう。

「よし、行くか」

桃井は腰を上げた。

源之助は桃井と共に早崎の屋敷へとやって来た。桃井が訪《おとな》いを入れる。早崎は夜分にもかかわらず、会ってくれた。

居間で会った早崎は、小袖の着流しというくつろいだ格好をして迎えてくれた。歳は三十五と、吟味方与力としては若く、切れ長の目がいかにも敏腕を思わせる。英才の誉《ほまれ》高く、将来は筆頭与力である年番方与力《ねんばんかたよりき》に就任するとの評判だ。吟味方与力になったのは四年前で、これまでに数多《あまた》の事件、訴訟を吟味してきた。

早崎は例繰方の与力と居眠り番の同心という妙な組み合わせに不思議そうな表情を浮かべている。桃井から、源之助に先頃溺死した菊地の死について調べてもらっていることが説明された。早崎は驚いた様子で、

「菊地は事故死ではないとお考えか」

と、源之助と桃井を交互に見た。

「まだわかりませぬが、その可能性は大きいものと存ずる」

桃井は源之助を見た。源之助からこれまでの経緯の説明をするよう促しているよう

だ。源之助は菊地の妻琴美に会って来たことを語った。早崎は小さく唸ってから、

「ここ最近の菊地の行状が不審というわけか。帰宅が遅かったり、突如《とつじょ》夜釣りに行ったりと」

しばし思案したが、

「菊地の死を不審に思う理由はわかったが、拙者の所を訪ねて来られたのは、吟味をやり直して欲しいということですかな」

早崎は桃井に問いかけた。

「吟味のやり直しなど、おいそれとできぬことは拙者とて承知しております。従いまして、蔵間に奉行所とは別に調べてもらっておるのでござる」

「ふうむ」

早崎は唸った。自分の吟味を批判されたと受け止めたのか眉間《みけん》に皺が寄った。

「時に、早崎殿、菊地がお貸しした五年前の御仕置裁許帳でござるが」

桃井の問いかけに、早崎は渋面《じゅうめん》を作り自分がうっかり手元に置き忘れていたことを詫びた。

「菊地に聞いたのですが、中味を汚してしまわれたとか」

すると、早崎は怪訝《けげん》な表情で目をしばたたいた。

「いや、そうした覚えはないが」

「お茶をこぼされたということはございませぬか」

源之助が尋ねた。

「いや、どうしてそんなことを」

早崎に問い返され、桃井が一部が新しい紙になっていたことを語り、それは、菊地が言うには、

「早崎殿が茶をこぼされたので、自分が新たに書き直したんだと申しておったのです」

すると早崎は顔を歪《ゆが》ませた。

「そのような覚えはござらん。死んだ者を悪く言うつもりはないが、菊地が間違いを犯したのでござろう。それをわしのせいにして……」

早崎は唇を嚙《か》んだ。

早崎がそう言う以上、否定はできない。

「それは、失礼申した」

桃井は詫びを入れた。早崎は不愉快そうに押し黙った。険悪な空気が漂ったことに気が差したのか、

「わしは、五年前に神田白壁町《しらかべちょう》の小間物問屋君津屋《きみつや》で起きた子供による祖母殺しの一件を調べたのだ。過日、芝三島町《しばみしまちょう》の貸本屋天童屋《てんどうや》で起きた息子による父殺しの吟味の参考にしようと思ってな」

早崎は思い出したのか、口調に淀《よど》みがなくなっていた。

「わかりました。とんだことで早崎殿を煩《わずら》わせてしまいましたな」

桃井は詫びを入れた。源之助も頭を下げる。

「いや、よい。拙者も、菊地が殺されたとあれば、当然のこと吟味をやり直す所存。だが、菊地の帰宅が遅いだの、急に思い立って夜釣りに行ったのでは、いかにも根拠が薄い。吟味し直すに足る確かな証《あかし》というものを持って来てくだされ」

早崎の丁寧な物言いはまことその通りで反論の余地のないものであった。

「夜分、お邪魔した」

桃井は席を立った。源之助も立つ。

「蔵間、まこと、閑であるな」

早崎の言葉が胸に突き刺さるが反論はできない。

早崎の屋敷を出た。

「早崎殿を怒らせてしまったな」

桃井は自分の首筋を扇子《せんす》で叩いた。

「早崎さまが申されましたように、今のところ、吟味やり直しをするには、まこと根拠が薄いものでございます。この上は、もっと深く調べ直します」

「頼む」

「しかし、こうなりますと、やはり、その御仕置裁許帳が気になりますな」

「いかにもじゃ。明朝、もう一度見直すゆえ、そなたにも同席を願いたい」

桃井には焦燥感《しょうそうかん》が漂っていた。

「承知つかまつった」

「そなたをとんだ面倒事に巻き込んでしまったな」

「面倒などとは思っておりませぬ」

事実、生き生きとしてきた。

三

源之助の息子、北町奉行所定町廻り同心蔵間源太郎と先輩同心牧村新之助《まきむらしんのすけ》は三河町にある常磐津稽古所《ときわずけいこじょ》へ足を向けた。といっても、二人が常磐津を習おうというのではない。この稽古所を営むお峰《みね》の亭主、京次《きょうじ》に用があるのだ。京次は岡っ引、歌舞伎《かぶき》の京次という二つ名があるように男前である。それもそのはず、京次はかつて歌舞伎役者を志していたが、罵声《ばせい》を浴びせる客と喧嘩沙汰を起こして役者を首になった。十六年前のことだ。

その後、源之助に拾われ岡っ引修行をして五年後の文化二年（一八〇五）に手札を与えられ、今では一角《ひとかど》の十手《じって》持ちとなっている。源之助が居眠り番に左遷されてからは、新之助が手札を与えて岡っ引として使っていた。

稽古所の近くにくると、三味線《しゃみせん》の音色が聞こえてきた。なんとも雑で乱れに乱れた音色は素人丸出しである。この時代、様々な指南所、稽古所が流行《はや》った。大工や左官、瓦職《かわらしょく》といった職人たちは、昼頃までに仕事を終える者が珍しくはない。遅くまでやっているのは腕の悪い奴らだと馬鹿にし、昼間から湯屋の二階で酒を飲んだり、のんびりしたり、稽古所に通ったりとする連中がいるお蔭でお峰の稽古所も繁盛しているのだ。

格子戸を開けると新之助、源太郎の順で中に入った。三味線の音は止まない。一階の座敷には男ばかりが十人、慣れない手つきで三味線を鳴らしていた。お峰は目で承知をすると奥の座敷へと入って行った。すぐに京次が出て来た。

「すまんが外で」

源太郎が声をかけると京次は無言でうなずき、稽古所を出た。

三人は表通りを一歩入ったところにある茶店に入った。京次が素早く、桜餅と茶を注文し、縁台に腰かけた。京次と向かい合うようにして源太郎と新之助が座る。茶と桜餅が運ばれて来たところで新之助が言った。

「今日は折り入っておまえに頼みたい仕事があるのだ」

「なんですよ、改まって」

京次はにこやかに受け止めたが源太郎も新之助も表情に緊張をはらんでいることから、仕事の困難ぶりを察したようで、湯呑茶碗を脇に置いた。

「最初に申しておく、この役目、断ってもよい」

新之助は言った。

すると京次は破顔して、

「そんな持って回った物言いはなしですよ。はっきりおっしゃってくださいな」

「それもそうだな」

新之助はまだ躊躇《ためら》っているようだったが、思い切った様子で口を開いた。

「小伝馬町《こでんまちょう》の牢屋敷に入って欲しいのだ」

「……。小伝馬町の牢屋敷……」

さすがに京次は驚いたようだ。口を閉ざしたところを見ると新之助の説明を求めている。

「もちろん、何か罪を犯せというわけではない。いわば、潜入だ」

新之助は声をひそめて説明をした。今、小伝馬町の牢屋敷に風《かぜ》の清次郎《せいじろう》という盗人が入れられている。この二年、江戸を荒らした盗人なのだが、捕えた男が果たして本物の風の清次郎なのか確かめたい。牢屋敷に入れた男が清次郎だとは、子分であった捨吉《すてきち》の証言による。何せ、左官の三介の一件があっただけに、二度と間違いを犯すわけにはいかない。

「清次郎は、連日の取り調べにもかかわらず、自分が盗みを働いたことは認めようとしない。自分は勘吉《かんきち》というけちな遊び人で、決して風の清次郎などではないと突っぱねておるのだ」

新之助が言うと、源太郎は苦々しげに唇を噛んで、

「しぶとい奴なんだ」

と、吐き捨てた。

新之助が続ける。

「それでだ、清次郎に近づいて、本物かどうか、それから盗んだ金の在《あ》り処《か》を探って欲しいのだ」

京次は当惑の表情となり、

「見知らぬ男に素性を語るものですかね」

「他に手立てはない。吟味を行われる早崎さまは、万全の吟味をなさる。左官の三介のことがあっただけに余計だ。どうしても、子分の証言を裏付けたいとおっしゃられるのだ」

新之助は言った。

「なるほど、万が一、捕縛されたのが清次郎ではなかったとしたら、北町の評判は地に堕《お》ちますすね」

「それは避けられぬな」

新之助の顔は苦悩に彩《いろど》られた。

「お話はわかりましたが……」

京次がまだ納得できないようだ。

「風の清次郎一味は壊滅した。だがな、盗人というのは、それであっさりと足を洗えないものだ」

　新之助が言ったところで、

「そうか、あっしが、もっと、一稼ぎをしようと持ちかければいいんですね」

「そういうことだ」

　源太郎は大きく首肯《しゅこう》した。

　ここで新之助が改まったようにして、

「そうは言っても、牢屋敷と申せば、地獄と言われている。あんなところ、一日だっていたくはない。だから、この役目乗り気でなければ、引き受けなくてもいい」

　源太郎も、

「清次郎を捕えながら、決定的な証がないのは口惜しい。わたしの落ち度をおまえに拭わせるようで申し訳ない」

　すると京次は、

「ここまで聞いて、できませんじゃ、あっしも男が立ちやせんや」

「すまぬ」

　新之助が頭を下げると源太郎も頭を垂れた。

「やめてくださいよ」

京次は二人に頭を上げるよう言い、それから、

「確かに、牢屋敷ってのはひでえ所でござんすよ。でもね、あっしは一度入れられたんです。ねえ、牧村さま」

新之助がうなずき、

「そうであったな、蔵間殿に捕縛されて……」

かつて、京次が客と喧嘩をして騒ぎとなり、源之助によって身柄を拘束された。その後、沙汰が出るまで牢屋敷に留め置かれたのである。

「あんときは、もう、芝居ができないと自棄《やけ》になってましてね。それを蔵間さまに諭《さと》されて、そんでもって、蔵間さまが、お取り調べになって、口書《くちがき》に、非は客の方にあるということを書き添えてくださったんですよ。それで、あっしは、五十叩きで出て来られたんです」

京次は懐かしげに目をしばたたいた。

「そういえば、そうだったな」

新之助も懐かしげだ。

「役者は廃業したが、見事に立ち直って、いっぱしの岡っ引になったのだから、何が幸いするかわからないな」

源太郎が言うと、

「まったくですよ」

京次は茶が冷めたと茶を持って来るよう頼んだ。それからふと、

「そういえば、蔵間さま、碁の方は相変わらず熱心でいらっしゃいますか」

すると源太郎が口の中をもごもごとさせた。

「杵屋さんと熱心にやっておられるんじゃないんですか」

「それが、はっきりとは申されないが、どうやら喧嘩をしたらしいのだ」

源太郎は言った。

「喧嘩、蔵間さまと杵屋さんが」

京次は首を捻った。

「他愛もないといえば、父も杵屋殿も怒るだろうがな、原因は碁のようだ」

源太郎は善太郎から聞いたと話した。新之助も、

「まったく、呆れるが、碁というものはそれだけ、夢中になってしまうのだな」

新之助が言った。

「碁、将棋に凝《こ》ったら親の死に目にも会えないっていいますものね」

京次は腕組みをした。

「そろそろ、和解するさ。蔵間殿も杵屋殿も長い付き合いだ。それに、お互い碁に夢中。しかも、こんなことを申してはなんだが、お二方、腕は大したことがないときている。じきに碁を打ちたくなって、仲直りする」

新之助が言うと、みな、笑声を上げた。ひとしきり笑い終えてから、

「ともかく、今回の役目、京次にはかなり過酷なものとなるがよろしく頼む」

「任せてください。いわば、初心に戻るってことですよ。牢屋敷に入れられたことを思い出しますぜ」

京次は腕捲《うでまく》りをした。

「お峰には悪いな」

新之助はそれでも心配そうだ。

「なに、あいつには、何日間か湯治にでも行って来るって言っときますよ」

「お峰、妙な勘繰《かんぐ》りを入れなければいいがな」

新之助は、お峰が京次の浮気を疑うことを心配した。なにせ、京次は男前、女にもてる。そして、お峰は無類の焼《や》き餅《もち》焼きだ。

「うまいこと言い含めますよ」

京次はなんだか、生き生きとしてきた。源太郎はそれが救いだった。風の清次郎、

まったく、しぶとい奴だ。なんとしても罪を償《つぐな》わせ、盗み取った財宝を取り戻さねばならない。それは、八丁堀同心としての責務である。

そう強く決意した。

「さて、となれば、湯にでも行ってきますよ」

京次は言った。

牢屋敷に入れば湯にはそうそう入れない。

四

その日の夕刻、源太郎は京次を伴い小伝馬町の牢屋敷へとやって来た。

牢屋敷は徳川家康《とくがわいえやす》が関東に入国した天正《てんしょう》年間に常盤橋御門《ときわばしごもん》外に設けられたが、その後、慶長《けいちょう》年間になって現在の小伝馬町に移された。常盤橋御門外の跡地は町年寄《まちどしより》奈良屋市右衛門《ならやいちえもん》と金座の後藤庄三郎《ごとうしょうざぶろう》の屋敷となった。囚獄《しゅうごく》すなわち牢屋奉行は代々石出帯刀《いしでたてわき》を名乗って世襲している。

牢屋敷は表間口五十二間二尺五寸、奥行五十間、坪数二千六百七十七坪で、概《おおむ》ね一町四方の四角な造りだ。表門は西南に面した一辺の真ん中に設けられ鉄砲町《てっぽうちょう》の通りに向かっていて、裏門はその反対小伝馬町二丁目の横町に向かっていた。すなわち、町家の中に存在しているのだ。といっても、周囲には忍び返しが設けられた高さ七尺八寸の練塀《ねりべい》が巡らされ、その外側はさらに堀で囲まれており、町屋の中にあるだけにその異様さは際立っていた。

囚人は町方、火盗改、寺社方、勘定方問わず送られてくる。大抵は夕刻だ。

表門を潜ると、左手は塀が裏門まで連なっている。塀を隔てて右側には牢屋奉行石出帯刀や牢屋同心たちの役宅と事務所があり、左側が監房である。

監房に向かう。監房は東西に分かれ、それぞれに大牢《たいろう》、二間牢《にけんろう》が一つと揚屋《あげや》が二つある。このうち、大牢と二間牢を合わせて惣牢《そうろう》と称した。他に揚座敷《あがりざしき》、女牢、百姓牢が別に設けてあった。東牢、西牢の間にある当番所に顔を出し、京次の引き渡しを行う。

京次の罪状を記した口書を鍵役《かぎやく》同心上村弥平次《うえむらやへいじ》に見せた。下当番所で受け取った弥平次には、今回の京次の入獄が隠密探索であることを伝えてある。牢屋奉行石出帯刀の了承も取っていた。但し、清次郎や囚人たちの疑いを招かないよう、上村と石出以外の牢屋同心には通常の囚人であると伝えてある。

「いやあ、大変ですな」

上村はいかにも人の好さそうな初老の男である。

「そういえば、上村さま、あっしは覚えてますぜ」

京次は十六年前に牢屋敷に入れられたことを話した。上村はまじまじと京次を見返した。それから首を捻る。思い出せないようだ。無理もない。毎日のように囚人は送られてくる。町方ばかりではないし、町人ばかりでもない。男も女も年寄も若者も、雑多な人間たちが囚人となっているのだ。

「一度、入っているのなら、よくわかっておろうが、ここは過酷じゃ。地獄と呼ばれておるのも当然。地獄と申せば」

上村は思わせぶりな笑みを浮かべた。これを受けて京次が、

「地獄の沙汰も金次第ですね」

と、懐中から巾着《きんちゃく》を取り出した。

今回の役目遂行《すいこう》に当たって、京次には金子《きんす》を渡してある。牢屋敷においては、髪や肛門《こうもん》の中に金を入れ、それを牢屋同心や牢名主などの囚人たちを束ねる者たちへ付け届けすることで扱いが異なるのだ。これは公然の秘密だ。

上村は平然と金子を受け取った。

「して、風の清次郎、いかなる様子でございますか」

源太郎が訊いた。

「まあ、なんとも、はっきりしない男にございますな」

上村が言うには、清次郎は口数も少なく、喜怒哀楽を面に表すことのない男だと言う。しかし、眼光鋭く生気がみなぎっているということだった。

「あれは、一筋縄ではいかない男ですよ」

永年に亘《わた》って様々な囚人を見てきた上村の言葉だけに重い。それは、京次の役目の困難さを如実《にょじつ》に物語っていた。源太郎は京次に大いなる負担をかけてしまったことの申し訳なさが込み上げてきた。

「さて、まいろうかのう」

上村が言った。

「よろしくお願い致します」

源太郎は丁寧に頭を下げた。京次にも目で挨拶を送る。京次は源太郎の願いを受け止めるようにして口をへの字に引き結んだ。

地獄入り。

すなわち、新入りの受け入れである。

京次は上村に引き立てられ大牢へと向かった。

牢屋敷への新たな入牢者は牢庭に設けられた三畳敷の改番所の前に引き据えられ、鍵役同心が入牢者を送って来た役人から入牢証文を受け取る。次いで、罪状を確認した上、身分に応じて大牢、二間牢、揚牢、百姓牢、揚座敷の外鞘に連れて行く。

京次は腰に縄を打たれ、縄の先は牢屋下男《しもおとこ》が両手でしっかり持っている。猿回《さるまわ》しの猿のようなみじめな姿となってみると、十六年前のことが思い出され、本当の罪人になってしまったのではないかと思ってしまう。

このまま、この地獄に突き落とされたまま二度と娑婆《しゃば》には出られないのではないかという危機感が押し寄せる。

——いかん——

役目を前にして弱気になってしまってどうする。こんなことでは、役目を果たすことはできない。己が気を奮い立たせる。

外鞘に立たされたまま下男に縄を解かれ、衣類全てを剝《む》かれ、全裸にされた。桜満開が迫っているとはいえ、牢屋敷の陰湿な雰囲気と肌寒い風が漂い、鳥肌が立ってしまった。

鍵役同心上村弥平次が、

「御牢内には法度《はっと》の品があるぞ、まず、金銀、刃物、書物、火道具類は相成らぬぞ」

と、言った。

京次が脱ぎ捨てた衣類を下男が袷《あわせ》、帯はもとより下帯に至るまで全て検《あらた》める。衣類が検められると今度は身体検査だ。四つん這いにさせられると、犬のようなみじめさだ。

髪、口の中から足の裏まで調べられた。京次は歯を食い縛って耐える。上村に心づけを渡してあるため髪や着物の裏地に縫い込んである金子は見逃された。

身体検査が終わったところで大牢の留め口の前に立たされた。上村が入牢証文に記してある京次の罪状を読み上げた。

「武州無宿《ぶしゅう》京次、昨二十日の昼九つ、日本橋通《とおり》一丁目の小間物問屋伊勢屋《いせや》より、玉簪《たまかんざし》を盗みたる科《とが》により入牢申し渡す」

格子越しに新入りを見ていた囚人たちから失笑が漏れた。

「簪だってよ」

露骨に嘲笑《ちょうしょう》を放つ者もいた。

「その方、ツルとて牢内に金子など持参すること無用なるぞ、もし持参致し候《そうら》わば、早々差し出すべき也、万一後日に相知れ候えば、相済まざること也」

　これはいわばお約束事である。

　衣類改めをして、金子の有無を調べ、牢内に持ち込むことはないことを明白にする。しかし、現実には衣類に縫い込んだり、男だったら肛門の中にいくらかの金子を入れ、牢内に持ち込むのが普通だった。そうしないと、牢内で手厳しい仕置きに遭《あ》うことになる。

　京次は、

「さようの品、ございません」

　上村は留め口の内側に控えている牢名主に向かって、

「大牢」

　と、声を放った。

「へい」

　牢名主が太い声で返事をした。

「牢入りがある、北町奉行永田《ながた》備後守《びんごのかみ》殿お掛り、無宿京次三十四歳」

　と、入牢証文を読み上げた。

　終わったところで、

「おありがとうございます」

牢名主が頭を垂れた。

留め口から牢内に入れられた。付け届けが利いたのだろう。

「さあこい。まけてやるぞ」

牢名主は新入り受け入れの儀式であるキメ板による尻叩きを免除してくれた。

京次は小伝馬町の牢屋敷へ入牢したのだった。

第三章　牢屋敷潜入

一

あくる二十二日、源之助は桃井陣十郎を訪ねて例繰方へとやって来た。源之助に気付くと、桃井は立ち上がり、目配せをして隣室へと導いた。懐中に問題の御仕置裁許帳を持っている。懐中から取り出し、ぱらぱらと捲ってから、開くと差し出した。

「この紙、明らかに新しいであろう」

桃井に言われずとも、はっきりとわかる。受け取って見直すと、前後の紙とは筆遣いも違う。菊地が書き直したのだと言っていたのがよくわかった。

目を通すと、昨晩吟味方与力早崎左京亮が参考にしたと言った殺しの一件が記されていた。

神田白壁町の小間物問屋君津屋で殺しが起きた。殺されたのはその店の主久左衛《きゅうざえ》門《もん》の母常《つね》であった。殺したのは久左衛門の娘由美《ゆみ》である。

孫による祖母殺しだ。

常は一年前から病に臥せっていた。その苦しみようは尋常ではなく、助かる見込みもなかった。医師からも見放され、安らかな死のみが望みということになったが、何の因果《いんが》かなかなか死ねない。

痛みに全身が襲われ、寝ることもままならなくなった。常の苦しみように心悩ませたのが由美である。

「お由美は、祖母の看病をしておったのですか」

源之助の問いかけに桃井はうなずく。お由美は、当時、十歳、祖母を楽にしてやりたいとの気持ちから、毒を呑ませたのだという。

いたいけな子供、苦境を見かねてとはいえ、祖母を殺したという罪は逃れようもない。父親が成り代わって、罪を受けると申し出たが、奉行所の裁許は、お由美を尼寺に出せというもので、君津屋久左衛門と店にはお咎めはなかった。お上にも情けはあるという情状酌量《じょうじょうしゃくりょう》の裁許であった。

「これを早崎殿が参考になさったのが、今回の一件だ」

桃井は今年の裁許が記されている御仕置裁許帳を示した。それは、芝三島町の貸本屋天童屋李太郎《もくたろう》による、父米太郎《よねたろう》殺害であった。米太郎も寝たきりであった。医者から見放されたのも同じだ。ただ、お常のように苦しみ続けていたわけではない。

「ぼけ……」

米太郎は息子である李太郎が誰であるかすら、わからなくなってしまった。寝床から起き上がることもできず、粥《かゆ》を食わせ、下《しも》の世話をした。夜中になると、突如として泣き始めたりして、李太郎はとうとう耐え切れなくなって、米太郎の首に手をかけ、

「楽にしてやった」

李太郎は一旦はそのように証言したが、その後、

「楽になりたかったのは、あたしかもしれません」

と、自分の看病疲れを証言した。親一人、子一人、ほとほと疲れ果てたという。

「李太郎の気持ちを斟酌《しんしゃく》すべきか、早崎殿は苦慮したということだ」

結局、李太郎は江戸追放という裁許が下りた。

源之助は陰鬱《いんうつ》な気分になった。どちらの事件も親孝行、祖母孝行ゆえの殺しだ。憎悪や欲に駆られての鬼畜《きちく》の所業ではない。それだけに、下手人《げしゅにん》への同情と法を曲げてはならないという役人としての立場の板挟みとなっても不思議はない。

「難しい裁許例を自分が汚してしまったことを、菊地さんは悔いたことでしょうな」

「それはそうだろうが」

桃井は腕を組んだ。

このことと、菊地の死は繋《つな》がっているのだろうかと思案しているようだ。

「ひょっとして、苦にする余り、自害して果てたということかもしれぬ」

桃井は腹から絞り出すようにして言った。

「それはどうでしょう。自害なら、遺書を残すはず。自分の不始末を詫びた上で自害して果てるのではございませぬか。わざわざ、夜釣りのふりをして、事故死を装うとは思えませぬ」

「いかにももっともだな」

桃井はあっさりと自説を引っ込めた。

「やはり、何か表には出ていない秘密があるのでしょうな」

源之助の言葉に桃井はうなずき、

「引き続き探《さぐ》って、真実を導き出してくれ」

「乗りかかった舟でござる。もとより、とことん、突き詰めてみとうございます」

「なんだか、嫌な予感がするな」

「と、おっしゃいますと」

「触れてはならないものに触れようとしているのかもしれぬ」

桃井の唇が震えた。

「触れようとしているのではなく、もう、触れてしまったのかもしれませんぞ」

源之助が返すと、桃井は肩をそびやかした。


その足でまずは探索に行こうと思った。といっても、現場にはもう足を運んだ。手がかりは得られなかった。とすれば、

「君津屋か」

君津屋の事件はあくまで記録上で菊地と関わっただけである。菊地が君津屋と関わったわけではない。しかし、それでも気になってしまう。

ともかく、君津屋へ行ってみよう。

そう思い、源之助は神田白壁町にある君津屋へとやって来た。

表通りに面した間口十間もある大店《おおだな》である。大勢の奉公人が忙しげに働き、大家《たいか》の女房や武家の妻女の供女中相手に簪やら櫛《くし》やらを勧めている。まず、活気に満ちた店で、五年前にあのような悲惨な出来事があったとは思えない。

店を見回し、手の空いた手代に主人久左衛門に会いたいと頼んだ。ほどなくして、久左衛門がにこやかな顔で出て来た。源之助を八丁堀同心とみとめ、慇懃《いんぎん》に頭を下げる。

「繁盛しているようだな」

「お客さまのお蔭でございます」

久左衛門は上目使いとなった。あくまで丁寧な物腰であるが、八丁堀同心が訪ねて来たとあって警戒心を抱いているようだ。

「ちょっと、話を聞きたいのだが」

源之助は声を低めた。

「どのような……」

言葉を飲み込み、久左衛門はここではなんでございますからと裏手にある母屋《おもや》へと案内をした。途中、久左衛門は口を閉ざしたままだ。源之助も無口となり、いつしか重い空気が漂った。

母屋の居間に通された。

母屋も新築の香りがする。屋根は真新しく葺《ふ》かれ、庭木の手入れも行き届いている。見事な一本桜が植えられ、八分咲きながら優美な姿に目を奪われた。

「多忙の中、すまぬな」

源之助が前置きをすると、久左衛門は目でなんの用なのだと問いかけてきた。

「辛いことを思い出させることになるが、聞きたいのは五年前のことだ」

「母のことですか」

久左衛門は明らかに嫌な目をした。

「つらかろうが……」

「あの一件なら、お沙汰を受けております」

いかにも何を今更と言いたいようだ。

「もちろん、今更、ほじくりかえしてどうのこうのということではない。少々気になることがあってな。いや、そなたや君津屋にどうのこうのと責めることはない。それは約束致す」

源之助は言った。

「どういうことでしょうか」

「お常は病に臥せっていた。苦しみようは大変なものであったとか」

久左衛門はしんみりとなった。

「娘、お由美がそんな祖母を見かねて毒を盛ったのだったな」

「いえ、その……」

久左衛門の目が戸惑いに揺れた。それは、決して芝居ではなく、心底からの疑念を抱いたようであった。

「いかがした」

「その……。お由美は確かに毒を盛ったのですが、それは、祖母の苦しみを見かねてということではなく、間違えたのでございます」

「間違えた……」

今度は源之助が戸惑ってしまった。

「はい、間違えたのでございます」

久左衛門は沈痛な面持ちとなった。久左衛門が言うには、お常の寝ていた部屋に鼠《ねずみ》がひどく出るようになったのだという。それで、猫いらずを用い、鼠を駆除することにした。ところが、その薬をこともあろうに、お常の部屋に置いておいた。お常を看病していたお由美はそれを間違って飲ませてしまったのだという。

御仕置裁許帳とは違う。

「それで、裁許はどのようなものであったのだ」

「お由美にはお咎めなし、わたしは店の営業を一月《ひとつき》の間、停止となったのでございます」

久左衛門は言った。

「お由美はどうしておるのだ」

「それが……」

久左衛門はため息を一つ吐き、お由美は死んだと言った。

「自害したのでございます」

久左衛門は呟いた。

二

「自害」

思わず絶句した。

お由美はその後、自分の間違いで祖母を殺してしまったことを悔い、ふさぎ込んでいたという。

「あたしは、女房に先立たれました。お由美が五つの時でございました。おっかさんの看病をお由美に任せたのは、女房がいなかったからでございます」

つまり、今の久左衛門は身内を全て亡くしたということだ。

「お由美が亡くなったのはいつだ」

「おっかさんが亡くなって……」

久左衛門は辛そうに指を折って数えた。それから、一年後の一周忌法要をすませてからだと言った。

「法要などしなければよかったのです。法要をしたために、お由美はおばあちゃんを殺したのはわたしだ、と、より一層自分を責めるようになりまして」

それから数日後、お由美はお常が飲んだのと同じ猫いらずを飲んで自ら命を絶ったのだという。

「わたしの目配りが足らなかったのでございます」

久左衛門は両手で顔を覆い、嗚咽《おえつ》を漏らした。娘の自害というこれ以上の悲しみはないであろう悲劇を思い出させてしまい、源之助も辛くなった。やがて、涙を拭き、久左衛門が言うには、

「これも、あたしの因果《いんが》だと思いました。娘や女房、おっかさんへの供養《くよう》と申しましたら、あたしには商いしかないと思いました」

久左衛門はそれからしゃにむに働いたのだという。

「身内の縁に程遠い、あたしをお天道《てんと》さまは同情してくださったのでしょうか。やがて、商いが思いの外《ほか》順調になりました」

久左衛門は悲しみから逃れるようにひたすらに働いたのだという。ひとしきり話し終えてからふと気付いたように、

「そういえば、蔵間さま、先ほど、お由美がおっかさんの苦しみを見かねて殺したとおっしゃいましたな」

「間違いのようだったな」

「どこで、そのような話を蔵間さまはお聞きになったのでしょうか」

「まあ、噂でな」

曖昧《あいまい》に言葉を濁した。

「妙なものでございますな、なんだか、おっかさんも、お由美も不憫《ふびん》になってまいりました」

久左衛門は次第に不快感を募らせた。何事かぶつぶつと言っていたが、どうにも納得がいかないとあって口を閉ざした。

「いや、すまなかった。手間を取らせた上に、不愉快な思いをさせてしまったな」

源之助は座を立った。

奇妙だ。

菊地は君津屋の一件を捻《ね》じ曲げて書いたのだ。何故、そのようなことをしたのだ。そんなことをして得になることがあるのか。それとも損得の問題ではないということか。

ひょっとして、早崎の要請か。

つまり、早崎が芝三島町の貸本屋天童屋の主人杢太郎による父米太郎殺しの裁許を行うために、過去に似たような一件を探し、君津屋の一件に突き当たった。それを今回の一件のように仕立て直させた。

早崎がどうしてそんなことをしたのかはわからない。菊地が加担した理由もわからない。それでも、早崎は事が露見することを恐れた。それで、菊地を殺した。

「いや」

源之助は呟いた。

想像に想像を重ね、最早《もはや》妄想、あるいは夢物語である。今の推量は全てが都合よく想像して繋ぎ合わせたに過ぎない。これが真相ではあまりにも安易だ。

「耄碌《もうろく》したか」

源之助は呟いた。

ともかく、菊地の死、不謹慎なことながら調べれば調べるほど、奥が深そうで興味がつきない。

思案をしながら歩いていると、本石町に差し掛かった。例の碁会所は近い。今日も善右衛門はいるのだろうか。

きっとやっているだろう。ちょっと、覗いてみるか。そろそろ、和解のし頃だ。いつまでも意地を張っていても仕方がない。向こうから和解に来るべきだと思っていたが、それは、自分が武士だという傲慢《ごうまん》さなのかもしれない。待ったをしたのは自分なのだ。待ったをしなければ、仲はこじれなかった。今までだって、奉行所からの帰途、杵屋に立ち寄って下手な碁ながら楽しく対局していたのだ。

そう思うと、碁会所に足を向けた。

格子戸を開けてみた。碁石を打つ心地よい音が耳に飛び込んできた。中を見回した。善右衛門の姿はない。女の姿もなかった。

今日は来ていないのか。

「あの、よろしかったら、一局」

町人風の男が声をかけてきた。見ると、碁盤の前に座って相手を求めているようだ。

どこかの店の隠居といった風である。

「いや、その」

つい口ごもる。

「よいではございませんか」

言いながら男は源之助を見上げる。

「下手で、相手にはならんぞ」

「わたしも下手でございます。下手過ぎて相手になってくださる方がいなくて寂しい思いをしておりましたのでな、どうか」

拝むようにして頼んできた。碁好きという者の気持ちがわかるし、このところ打ってなかったので打ちたい気持ちになった。そのうち、善右衛門もやって来るかもしれない。

「ならば」

源之助は男の向かいに座った。男は黒石、源之助は白石となった。見かけ通り、日本橋魚河岸の近くにある醬油問屋《しょうゆどんや》の隠居で権太郎《ごんたろう》と名乗った。いざ、対局が始まると、ものの四半時《しはんとき》（三十分）とせずに後悔した。権太郎は思いの外《ほか》強かった。まるで、赤子の手を捻るようにして一方的に負けた。

「もう、一局いかがですか」

「いや、結構」

ほうほうの体《てい》で逃げるようにして碁会所をあとにした。


「これだからな」

これだから、見知らぬ人間とは打ちたくないのだ。とんだ赤っ恥をかいた。それにしても、善右衛門はどうしたのだ。

と、前につんのめってしまった。その拍子に雪駄の鼻緒《はなお》が切れてしまった。

「ついてないな」

ぼやきながら、手拭を歯で切り裂いた。それで鼻緒を繋ぐ。ここから、杵屋は近い。

「そうだ」

これで、杵屋へ行く用事が出来たというものだ。そう思うと、杵屋へ向かう足取りが軽くなった。我ながら大人げないとは思うのだが、こればかりはどうしようもない。


杵屋へとやって来た。

店を覗く。善右衛門がいないことはわかっている。善右衛門は隠居同然で、店はほとんど善太郎に任せているのだ。店内を見回すと、帳場机に座っている善太郎と目が合った。善太郎は満面の笑みでこちらにやって来た。

「父ですか、母屋におりますよ」

「違う」

わざと否定する。善太郎がおやっという顔をしたところで、鼻緒の切れた雪駄を持ち上げた。

「これは、大変ですな」

善太郎はすぐに新しいのを用意させますと言って手代を呼んだ。

「わかっておろうが」

源之助は雪駄をひっくり返した。源之助の雪駄は杵屋であつらえた特製である。薄く伸ばした鉛の板を底に仕込んである。筆頭同心であった頃、捕物や罪人を捕縛する際に、武器とするための源之助なりの工夫だ。居眠り番になってからも、履《は》き続けている。意地で履いていたのだが、近頃は足腰の鍛錬のためになっている。

つくづく、歳は取りたくないと思ってしまう。善太郎は源之助特製の雪駄を用意するよう指示をしてから源之助に向き直った。

「蔵間さま、いつまでもお元気でいらっしゃいますね。あたしは、先日、蔵間さまの真似をして鉛の板を仕込んだ雪駄を履いて、商いに出たのですが、これがしんどくて、明くる日にはやめました」

善太郎は盛んに源之助の元気さを誉《ほ》めてくれるが、それは反面、自分の意固地さを言われているような気にもなってしまった。やがて、手代が新しい雪駄を持って来てくれた。それを履く。料金を払おうとすると、善太郎は受け取ろうとしなかったが、それではならじと無理にでも受け取らせた。こういうところも意地っ張りなのだとはよくわかる。

「時に、善右衛門殿は息災か」

「母屋におりますので、どうぞ」

善太郎は言った。

「ならば、久しぶりに一局」

そう思って立ち上がった。ところが、

「あいにくと、今、碁を打っておるようでございますよ」

ひょっとして一緒にいた女か。

「ほう。そうか、女人か」

「いいえ、男の方、御家人さまでいらっしゃいます」

「御家人……」

どういうことなのだろう。源之助の胸に小波《さざなみ》が立った。

三

善右衛門は三橋丈一郎の屋敷を訪ねているうちに、

「一度、うちにもいらしてください」

いつも自分がお邪魔をするのでは申し訳ないと思うようになった。三橋も比奈も気にするなとは言ってくれたが、そういうわけにはいかない。こうしたことは、きちんとしておきたい。

強く誘ううちに、

「父上、たまには、外に出られてはいかがですか」

比奈もそう言ってくれたため、三橋は重い腰を上げて杵屋へとやって来たのである。

やって来ると、三橋は黙したまま黙り込んでいたが、碁を打つに従って表情が柔らかくなり、次第に打ち解けていった。

和《なご》やかになり、

「いやあ、楽しいものですな」

と、世間話にも興ずるようになった。善右衛門が勧める茶菓子と茶にも遠慮なく手を伸ばして美味そうに食べた。

「三橋さま、これをご縁に、どうか、遠慮なく碁を打ちにいらしてください」

「かたじけない。拙者、杵屋殿の碁に対する思い、非常に感心致した。それに、杵屋殿の碁は実に品がいい」

「それは、買い被りでございます。ただただ、目の前の興亡に目を奪われて、右往左往しておるだけです」

善右衛門はかぶりを振った。

「いやいやどうして、確かに、まだまだ、技巧面においては学んでいかねばならないことはあるが、勝ちに目の色を変えるような品性下劣な碁ではない。碁というものは、打ち手の人間が出るものでござる。杵屋殿の碁は杵屋殿がいかに誠実で清廉《せいれん》なお人柄であるかを感じさせるものだ」

三橋に言われ、気恥ずかしくなってしまった。

「それを申すのなら、三橋さまの碁はまさしく三橋さまの包み込むようなお人柄を感じさせます。それは、比奈さまにも受け継がれておられるように思います」

善右衛門は言った。

「これは、これは」

三橋は照れたように白石を手にした。善右衛門も碁盤に視線を凝らした。野鳥の囀《さえず》りが心地よい春の昼下がりだ。

「碁会所へ行ってよかったです」

三橋と会えてよかった。比奈に惹《ひ》かれたことは確かだが、それよりもこうして三橋と碁を打てることが何よりもありがたい。人の縁とは不思議なものだ。

「碁会所へ行かれる前はどういう方と対局しておられたのですかな」

三橋の問いかけに思わずぴくりとなってしまった。

源之助はどうしているだろう。


源之助は母屋へと回った。庭に面した居間の障子が開け放たれている。居間では善右衛門と見知らぬ侍が碁を打っていた。善太郎の話では御家人ということだったが、遠目に見ると背筋がぴんと伸び、折り目正しい武士であることを窺わせた。

善右衛門の顔は喜びに溢れていた。この男との対局を心から楽しんでいるようだ。疎外感《そがいかん》を抱いた。

善右衛門と武士の楽しげな笑い声を聞いていると虚《むな》しくなってきた。

源之助はくるりと背中を向けると裏木戸から離れた。すると、善太郎が歩いて来る。

「おや、もう、お帰りですか」

「ああ」

「碁を打っていかれないのですか」

「既に対局中ではないか」

「じきに終わりますよ」

「いや、よい。忙しいのだ」

忙しいなどという言葉、ついぞ使わなかったものである。さっさと立ち去ろうと思ったが、

「善右衛門殿の相手をなさっておられるのはどなただ」

「紺屋町近くの御武家屋敷にお住まいの御家人で三橋丈一郎さまとおっしゃいます」

善太郎は源之助の不機嫌さに気付いたようで物言いが丁重になっている。

「三橋殿……」

折り目正しさが印象に残った。善右衛門はよき碁敵を持ったものである。寂しさはどうしようもないが、それでも、無性に腹が立った。

「父に蔵間さまがいらしたこと申しておきます」

「ならばな」

「その必要はない」

つい、善太郎に当たってしまい、急ぎ足で立ち去った。

京次は牢名主へ挨拶をしてから、鍵役同心上村弥平次より囚人たちの管理を任された牢役たち十一人の者へ挨拶をして、いくばくかの金子を渡した。こうすることで、牢内での待遇がぐんとよくなる。金品を渡さない囚人たちは、布団どころか畳にも寝かせてもらえない。

待遇が幾分かいいと言っても、牢名主を筆頭とする牢役以外の囚人とあって、一畳に十二人も座らされるだけだ。昼間正座することはできても、夜になって寝るとなると、身体を海老《えび》のように曲げることになる。それでも、厠《かわや》近くの板敷よりはましということだ。

挨拶を終えて、清次郎の様子を見る。お仕着せを身にまとった清次郎は表情を消して正座をしていた。牢内の囚人は就寝時刻以外は正座をしていなければならない。清次郎も金子を渡したのだろう。畳敷きに座っていた。京次は清次郎の横に座った。

「あんた、何をやったんだい」

気さくな調子で声をかける。清次郎はうろんな者を見るような目を向けてきた。

「おれは、簪を……」

京次が言った時、

「聞いたぜ」

清次郎は鼻で笑った。高々、簪を盗んだこそどろを蔑《さげす》んでいるのだろう。

「あんたは何をやらかしたんだよ」

京次はわざと反発するような目をした。

と、いきなり清次郎の鉄拳《てっけん》が飛んできた。頰を殴られた痛みと驚き、それに戸惑いに襲われた。京次は畳に転がった。すぐに、牢屋同心の一人がやって来て外鞘から格子の隙間を覗き込み、

「何をしておる」

と、怒鳴りつけた。清次郎は知らん顔をしている。京次は正座をし直して頭を垂れた。

「牢内で狼藉《ろうぜき》を働くことまかりならんぞ」

牢屋同心は釘を刺して立ち去った。十畳重ねられた畳の上であぐらをかいている牢

名主が、

「風の、新入りだ。手加減してやりな」

と、声をかけた。

清次郎はむっつりと黙り込んだ。

夕餉《ゆうげ》となった。

麦飯と具のない味噌汁、青物の煮付けが運ばれて来た。牢名主、次いで牢役たちの給仕をしてから自分の分の飯を持ち、清次郎の脇に座った。清次郎は警戒されているのか、近寄る囚人はいない。京次とて、役目でなければ口も利きたくない男である。

「さっきはすまなかったな。まあ、食べてくれ」

京次は自分の味噌汁を清次郎に勧めた。清次郎の表情が少しばかりだが、柔らかになった。

「もらうぜ」

清次郎は旺盛な食欲を発揮した。まずいと文句を言いながらも、麦飯を掻き込みながら、

「どうせ、獄門《ごくもん》間違いなしのおれだ。こんなまずい飯食っても仕方ねえんだが、それ

でも、腹は減るんだからしょうがねえ」

清次郎は自嘲気味な笑いを放った。京次が食べないのを見て、

「おめえは、じきに娑婆に出られるからいいな。ここの飯は口に合わねえだろう」

「出られるって言っても、盗みを働いたことで、頭《かしら》をしくじっちまった。おら、大工だったんだ。頭から見放されたら、もう、まともな仕事はできやしねえさ」

と、うなだれてから
「ひょっとして、あんた、風の清次郎かい。いや、牢名主の旦那が風の、って言ってたし、瓦版で読んだんだ。風の清次郎がお縄になったって」

清次郎は小さくため息を吐いた。

「おれを知っているのか」

「もちろんだとも。実はおれだって、簪を盗むなんてけちな盗みで捕まっちまったが、いずれはでけえ山を狙ってやろうと思ってるんだ」

京次は遠くを見るような目をした。

「盗人になりてえのか」

「そうさ。できりゃ、風の親分の下で働きてえよ」

「ふん、その風の親分はこの通りにお縄になったぜ」

清次郎は自嘲気味な笑みを漏らした。

「せっかく、会えたのにな」

ここで京次は思わせぶりな笑みを浮かべた。

「どうした」

清次郎が目をしばたたいた。

「親分、手下のちくりでお縄になったんだってな」

京次の言葉を聞き、清次郎の目がどす黒く光った。

「八つ裂きにしても飽き足らねえぜ」

「無理もねえや。野州《やしゅう》の捨吉って男なんだろう」

「おめえ、知ってるのか」

「まあな」

京次は思わせぶりな笑みを投げかけた。

「どうしてだ」

思わず清次郎が大きな声を出した。

「うるせえぞ」

他の囚人から抗議の声が上がった。

「なんだと、もう一遍言ってみろ」

興奮した清次郎が怒鳴りつけてしまった。

四

「なんだと」

清次郎に怒鳴りつけられた囚人たちがつっかかってきた。これを機に清次郎に不満を抱いている者たちが目をむいて立ち上がった。殺伐《さつばつ》とした空気が流れる。

牢名主はにやにやと笑い、見て見ぬふりをした。

囚人たちが清次郎に殴りかかってきた。京次が間に入る。

しかし、よほど清次郎は恨みを買っていたのだろう。十人以上の囚人たちが清次郎に殴りかかってきた。思わぬ展開に、

「お役人、大変だ、来てくれ」

格子にしがみついて大声を放ったが、外鞘には誰もいない。

「来てくれ。喧嘩だぜ」

格子戸をがんがんと叩いた。それでも、役人たちは姿を見せない。牢内を振り返っ

て牢名主を見上げた。牢名主は大あくびをしている。

「おめえら、やれるもんなら、やってみな」

清次郎は強がりなのか、囚人たちを挑発した。

「やっちまえ」

囚人の一人が言うや大勢が清次郎に殴りかかった。清次郎は一人を殴った。しかし、多勢に無勢、たちまちのうちに袋叩きにされた。京次が助けようと囚人の一人に殴りかかる。

「邪魔しやがると、てめえも、容赦《ようしや》しねえぞ」

売り言葉に買い言葉、

「やってやろうじゃねえか」

と、叫ぶや一人の鼻っ面を殴る。相手は鼻血を出してうずくまった。囚人たちは仲間の血を見て益々いきり立った。

「まとめて畳んじまえ！」

目を血走らせながら清次郎と京次に襲いかかる。京次は血が騒いだ。役目を忘れ、無我夢中となって暴れ狂った。

熱を帯びた喧嘩場に不似合いな冷静な声が牢内に響き渡った。

「顔はやめとけよ」

声がした方を横目に見ると、牢名主が腕組みをして喧嘩を見下ろしていた。

――そうか――

これは、清次郎への折檻《せっかん》なのだ。

生意気な清次郎に対する囚人たちの不満が沸騰《ふっとう》し、それを牢名主が解消させているのだろう。牢屋同心たちとも暗黙の了解ができているに違いない。

但し、清次郎は近日中に御白洲に引き出される身、京次だって解き放たれる。顔に痣《あざ》や傷があってはまずいということだ。清次郎も京次も北町奉行所が捕縛し、裁許する囚人である。牢屋敷は預かっているに過ぎない。危害を加えられたり、病に罹《かか》ったり、ましてや死亡してしまっては、牢屋奉行石出帯刀の責任問題へと発展する。

清次郎と京次は板敷に転がされた。周りを取り囲まれ、蹴りを浴びせられる。

「思い知れ！」

「ほんとは、おれたちの手で地獄へ送ってやりてえぜ」

囚人たちは憎しみを込めて、清次郎を蹴ったり、踏んづけたりした。京次もとばっちりの憎悪を受けた。

「その辺にしとけ」

牢名主の声がかりで乱暴は終わった。京次は手加減されたようだ。それほどの、痛みはない。ところが、清次郎は唸り声を上げ、起き上がることができない。

「親分、大丈夫かい」

京次は清次郎を抱き起こした。清次郎はにんまりとして、

「おめえ、馬鹿な野郎だな」

それは、自分を庇《かば》ってくれた感謝だと京次は受け取った。

「すまねえな」

清次郎が京次に礼を言った。

「親分、礼なんていらねえよ」

「礼と言ってもな、牢屋敷の中じゃ、なんにもやれねえよ」

清次郎が申し訳なさそうに言う。

「いいってことよ」

「でもな、おれは受けた借りは返すって考えなんだ」

「そんなら、一つ頼みがある」

京次は背筋を伸ばした。

清次郎が身構えたところで、

「親分、おれを子分にしてくれ」

「そら、構わねえが、おれは獄門《ごくもん》間違いなしの盗人だぜ」

清次郎は自嘲気味な笑いを放った。

「かまわねえや」

京次は涙目となって訴えかけた。

「よし、今日からおめえはおれの子分だぜ」

清次郎の懐《ふところ》に飛び込むことができた。

第四章　品格ある盗み

一

源太郎は牢屋敷にやって来ると、穿鑿所《せんさくじょ》に清次郎を呼んだ。穿鑿所は表門の正面にある。牢屋敷に入れられた囚人を取り調べる所だ。いくつか座敷があり、白洲もあった。囚人は建屋の前出庇下にある六尺通りたたきに莚を敷いて正座させられて取り調べを受ける。

縄で後ろ手に縛られた清次郎は不貞腐《ふてくさ》れたような顔で、縁に座る源太郎を見上げた。おもむろに、

「なんでえ、話すことなんてねえぜ」

ぶっきらぼうに声を放った。

「そんなことはないだろう。いいから、話せ。盗んだ金は何処へ隠してあるのだ。あの世にまで金は持って行けぬぞ」

源太郎は諭すような物言いをした。清次郎は鼻で笑った。

「地獄へ持って行くさ。地獄の沙汰も金次第だからな。地獄で閻魔《えんま》さまに金積んで、極楽へ送ってもらうぜ」

「ふん、口の減らない奴だ」

源太郎は言った。清次郎は口を閉ざしていたが、

「ところで、捨吉の野郎、達者かい」

「気になるのか」

「おれを売った野郎だからな」

清次郎は薄笑いを浮かべた。

「悔しいだろう」

「あたりめえじゃねえか。許すことなんかできるはずがねえ。あの野郎を地獄に道づれにしてやるぜ」

「せいぜい、言っているんだな。なあ、隠し場所を言えよ」

源太郎は声の調子を落とした。清次郎の顔に警戒の色が浮かび上がってくる。それ

から、思わせぶりな笑みを浮かべ、

「捨吉の野郎、何処にいるか教えてくれたら、隠し場所を言ってやってもいいぜ」

「馬鹿な、なんのためにそんなことを……。第一、おまえは仕返しなんかできないだろう」

「そうさ。だから、いいじゃねえか」

「知らん」

源太郎は返す。

「いいじゃねえか」

清次郎はけたけたと笑った。源太郎は口を閉ざし睨みつけた。

「もう、いい。御白洲が開かれるのは明日だぞ」

「わかってるさ。打ち首でもなんでも沙汰してくれればいいさ。喜んで受けてやるぜ」

清次郎はうそぶくと横を向いた。それ以上、何を言っても無駄だろう。

清次郎は大牢に戻って来ると、京次を手招きした。

「明日、御白洲に引き出されることになったぜ」

「明日ですかい」

「そうさ。明日、御奉行さまから、打ち首のお沙汰を申しつけられるってことさ」

清次郎は観念したのか、達観した表情となった。すると、ここで鍵役同心上村弥平次が京次に出るよう告げた。穿鑿所で取り調べがあるという。

「めんどくせえな」

京次は顔を歪ませる。

清次郎が耳元で囁いた。

「蔵間って、若い同心から捨吉の居場所を聞き出してくれ。うまいこと持ちかけてな。おめえの腕の見せ所だぜ」

「親分、聞いてどうするんだよ」

「化けて出てやるんだ。いや、地獄から戻って仕返しをしてやるんだ」

清次郎はおかしそうに笑った。

「早くしろ」

上村の怒鳴り声が響き渡る。

「任せてくれ」

京次は言うと大牢を出た。

「ご苦労だな」

穿鑿所で源太郎が声をかけた。京次は六尺通りたたきに敷かれた筵に正座をし、ぺこりと頭を下げた。

「清次郎の子分になりましたよ」

京次は苦笑を浮かべながらこれまでの経緯を語った。

「さすがは、京次だ。うまいことやったな」

源太郎が誉め上げる。京次は真顔で、

「奴は、自分を売った捨吉の所在を気にかけています。あっしにうまいこともちかけて所在を確かめてこいって、頼まれましたぜ」

「清次郎は捨吉の所在を知って本気で仕返しをするつもりなのかな」

「地獄から仕返しに戻って来るって、言ってますよ」

京次は顔をしかめた。

「執念だな」

源太郎は苦笑を漏らしてから、

「清次郎の奴、何か企《たくら》んでいるのか」

「最後の悪あがきともとれますが、自分が解き放たれると思っているのかもしれませんね」

「そこなんだ。あいつ、満更《まんざら》、冗談ではなく、本気で解き放たれると思っているようなのだ。奉行所でもそんな噂が出ている。早崎さまが気になさるはずだ。なにせ、あいつが清次郎だという証は捨吉の証言だけだからな。盗んだ金が見つかれば、間違いないんだがな」

源太郎は言った。

「おっしゃる通りですね。捨吉が、あいつこそが風の清次郎だってちくったからこそ、お縄になったのですものね」

「おまえ、接触してみてどうだ」

「あっしには自分が風の清次郎だと言っていますよ。牢名主をはじめ、囚人たちも風の清次郎だと思って扱っています」

京次は恨みを抱く囚人たちから暴行を加えられ、牢屋同心たちも見て見ぬ振りをしたことを語り、

「あいつは、正真正銘の風の清次郎に違いないですよ」

「おまえも乱暴されたのか」

源太郎はさすがに心配になった。京次はお仕着せの胸元を開けた。痣が青黒く残っている。

「これで、清次郎に信頼されましたよ」

明るく言う京次に申し訳なさを感じたが、下手に同情したり、すまないと思うことは懸命に役目を果たそうとする京次にはやってはならないことだ。

「引き続き、役目に尽くしてくれ」

源太郎は自分を納得させるようにして太い声を出した。京次は、

「引き続き、目配りをしておきますよ」

と、言った。


「どうだった」

牢に戻ると早速《さっそく》清次郎が訊いてきた。

「捨吉とかいう裏切り野郎の所在、なんとか聞き出しましたぜ」

「野郎、何処にいやがる」

清次郎の目がどす黒く光った。それをいなすように京次は横を向き、

「蔵間って同心、妙なことを言っていたんだ」

「なんだ」

「自分が捕まえた男、正真正銘の風の清次郎なのかなって不安そうでしたよ」

京次は清次郎の目を見た。清次郎は暗く淀んだ目で京次を見返し、

「こいつはお笑い種《ぐさ》だな。おれが正真正銘の風の清次郎かって。おれが贋者だったら、お笑いだな。あの若造同心、目をむくだろうぜ」

清次郎はおかしげに笑った。

「まさか、親分、贋者なのかい」

「そんなはずねえだろう。おれは、正真正銘の風の清次郎だ。でもな、仮におれが贋者だったとしても、お上《かみ》は面子《メンツ》にかけて本物の風の清次郎としてお裁きをするに違いないさ」

清次郎は言った。まさか、こいつは風の清次郎を庇い、自分がなりすまして罪を背負い裁きを受けるつもりなのだろうか。京次はまじまじと清次郎の顔を見返した。

「で、捨吉の奴、何処にいるって」

清次郎に問われて我に返った。

「浅草《あさくさ》の並木町《なみきちょう》だそうですすぜ」

「浅草か」

実際は南茅場町《みなみかやばちょう》の裏長屋に住んでいる。まさか、ここを抜け出して捨吉に仕返しに行くとは思えないが、念のため嘘を吐いておく。

清次郎は謎めいた微笑みを浮かべた。何を考えているのか読み切れない表情だ。

「親分、本気で仕返しするのかい」

「あたりめえよ。生かしちゃおけねえ」

「まさか、脱獄する気じゃないだろうな」

京次は清次郎ならやりかねないと思えてきた。しかし、この牢屋敷から未だかつて脱獄に成功した者はいない。警護は厳重を極めている。となると、明日、北町奉行所の御白洲に向かう途中に逃亡を図るのではないか。過去にも護送中に逃亡を図った例ならある。

「おめえは、いつ出て行くんだ」

清次郎が訊いてきた。

「明後日だ。五十叩きさ。親分、あんた、まさか、明日奉行所に護送される途中に逃げ出すんじゃねえだろうな」

「そんなことができると思うか」

清次郎は謎をかけてきた。まず困難だ。唐丸駕籠《とうまるかご》に乗せられ、前後左右を厳重に警護されながら奉行所に向かうのだ。逃げ出すとなると容易ではない。

とすれば、

「ひょっとして、手引きをする者がいるのかい」

それしか考えられない。

「そんな奴はいねえよ。何しろ、子分どもはみんな斬られちまったんだからな」

清次郎は舌打ちをした。

「じゃあ、どうするんだい」

「だから、逃げも隠れもしやしねえさ」

「親分、おれには本当んことを言ってくれよ。おれで手助けができることなら、やりてえんだ」

京次は訴えかけた。

「気持ちだけもらうぜ」

「俄《にわ》か子分じゃ信用もされないってことか」

京次は嘆く。

「おめえのことは忘れねえぜ。あの世から帰って来たら、一緒に盗み働きをやろうじゃねえか」

「きっとだぜ」

「嘘つきは盗人の始まりだ。おれの言うことは信用できねえかもしれねえが、おれは約束は必ず守るぜ」

清次郎は大真面目に言った。

「信じるよ」

京次は清次郎という男に限りない不気味さを感じた。

二

その日の夕刻、源之助は君津屋を訪問したことを桃井に報告した。桃井は早速、御仕置裁許帳の記述内容と実際の事件の違いについて、早崎に問い合わせた。早崎の答えは自分はあくまで五年前の御仕置裁許帳を参考にした。現実の事件は知らないとのことだった。

「それは、いかにもおかしいですな」

源之助には信じられない。早崎左京亮は完璧を期すことで知られる辣腕の吟味方与力である。

「そうじゃ。早崎殿が御仕置裁許帳の紙が新しくなったことに気付かないはずはない」

「そのことを早崎さまはなんとおっしゃってますか」

「新しくなったことには気付きはしたが、それはきっと例繰方の都合でそうなったのであり、自分が見たのはあくまで、お由美が祖母を殺そうとしたという内容だったというものだ」

桃井は答えながらも不信感を拭えないでいるようだ。源之助も同様である。

「菊地さんは、早崎さまの指示で誤まった記事を書いたのでしょうか。それとも、菊地さんが誤まった記事を書いてそれを早崎さまに見せたのでしょうか」

それによって、全く違った展開となる。

「いずれにしても、菊地の死が君津屋の一件に関わるものだと考えていいのではないか」

桃井は言った。

「いま少し、調べを進めてみます」

源之助は言うと桃井の前を辞去した。

奉行所から帰ろうとした時、緒方に呼び止められた。

「いかがでござる」

緒方は猪口《ちょこ》を呷《あお》る真似をした。

「そうですな」

胸のもやもやが晴れないため、久しぶりに酒でも飲みたい気分になった。

二人は八丁堀近くの縄暖簾《なわのれん》を潜った。小上がりとなった入れ込みの座敷に席を取り、向かい合う。

「しばらくでござる」

緒方は猪口を頭上に掲げた。源之助も応じる。熱燗が五臓六腑《ごぞうろっぷ》に染み渡る。食膳には柳川鍋《やながわなべ》と貝柱のかき揚が用意された。しばし、猪口を重ねてから、

「時に、菊地の一件ですが」

緒方はかつての同僚の死を気にしている。菊地は三年後輩ということだ。源之助はこれまでの探索の様子を語った。緒方は苦渋に満ちた顔になった。

「菊地ははっきり申して愚直、それどころか、融通の利かない男でござった。いくら、吟味方与力さまの指示といっても、御仕置裁許帳の記述を間違ったものに書き換える

とは思えませぬ」

　緒方は確信を込めて言った。

「しかしながら、新しい紙に書かれた記事の筆遣いは間違いなく菊池さんのものでした」

　源之助に問い返され、

「さすれば、菊地は何故に……」

　緒方は猪口を手に持ったまま考え込んだ。思案を巡らしているが見当もつかないようである。

「蔵間殿、とにかく、菊地の死、もし、殺しとあれば、なんとしても下手人を挙げてくだされ」

「むろん、そのつもりでございます。しかし、あれがあっさりと、事故で片づけられてしまうとは、いかにも、不審」

　源之助の言葉は緒方を批判するものだった。

「まったく、わたしがもう少し粘るべきであったのでござる」

　緒方は事件として探索を続けようとしたが、早崎によって制されたという。

「早崎さまが」

早崎に対する疑念が深まった。緒方も口には出さないが、早崎への不審を抱いているようだ。しかし、今更、吟味のやり直しを求めるほどの強い理由はない。

緒方はしばし口をつぐんでいたが、

「ところで、京次なのですが」

と、京次を小伝馬町の牢屋敷に潜入させたことを語った。

「風の清次郎に接触させました。捕縛したのが正真正銘の風の清次郎なのかどうか確かめるためです。いや、こんなことを京次にさせるのは、筆頭同心として情けなき限りですが……」

緒方の声は言葉通りに曇りを帯びた。

「お疑いでござるか」

「源太郎の探索を疑っているようで蔵間殿には申し訳ないのですが、なんだか胸騒ぎがします。もっとも、わたしも源太郎も捨吉の証言を信じてあの男を風の清次郎として捕縛させたのですから、責任は負わねばなりません」

「京次の仕事が大事になってきますな」

二人はどちらからともなく黙りこくってしまった。酒を飲んでもやもやを晴らそうとしたが、かえって淀んだ気持ちになってしまった。

組屋敷に戻った。

久恵に今日は食事はいらないと告げる。なんだか久恵の視線が気にかかる。そこへ、源太郎がやって来た。

「父上、飲んでおられたのですか」

決して批難しているわけではないが、気に障った。居間で茶を啜った。

「緒方殿から聞いた」

京次のことを持ち出した。

「京次には辛い役目を担わせてしまいました」

「本人が承知したのであろう。あいつなら、やり遂げる」

源之助はそう返したものの、小伝馬町牢屋敷の過酷さを知っているだけに、京次の身を案じずにはいられない。

「時に、清次郎を捕縛したのはおまえだったな」

「そうなのです」

源太郎の表情は冴《さ》えない。不安を抱いているようだ。

「牢屋敷における男、本物の清次郎かどうか疑わしいのか」

「何分、子分であった捨吉の証言頼りでございます」

源太郎は苦渋の色を深めた。

「証言が不安なのだな」

根拠もなく、励ましても仕方がない。

「何度調べても、自分は清次郎ではない。盗み取った金など知らない、ということを繰り返すばかりでございます」

これでは、源太郎が悩ましげであるはずだし、緒方が不安に駆られているのもうなずける。

「まったく、手応えがない男でございます」

「それで、京次を接近させたのか。で、京次はなんと申しておる」

「京次は清次郎と接触することに成功して、清次郎は自分が正真正銘の清次郎であると申しておるそうです。一方で、自分を売った捨吉への憎しみを募らせ、地獄から戻って来てでも仕返しをすると息巻いているとか」

「京次の仕事に抜かりはなかろう」

源之助は顎《あご》を掻いた。

「ともかく、明日には御白洲で裁許が申し渡されます」

「吟味をする与力はどなただ」

「早崎さまです」

早崎……。これは偶然だろう。清次郎の一件と菊地の死が関係するとは思えない。

「いかがされましたか」

「いや、なんでもない」

「ところで、杵屋殿とは和解されたのですか」

源太郎は話題を変えた。

源之助はばつの悪さから口をつぐんだ。

「早く、和解されたらいかがですか。意地を張っている場合ではありますまい。そろそろ碁を打ちたくなったでしょう」

「碁など、打ちたくもない」

源之助は吐き捨てた。

「無理をなさいますな」

「余計なお世話だ」

源之助はそっぽを向いた。

「これは、失礼しました」

「わたしのことより、風の清次郎のことだ。御白洲に引き出されれば、同心の手を離れる」

源之助は仕事に話を戻した。源太郎の顔つきが厳しくなる。

「捨吉、御白洲で証言するのであろう」

「いかにも」

「間違いなかろうな」

「と、おっしゃいますと」

「証言することが恐くなり、出て来ないとか、逃げ出すことはなかろうなと訊いておるのだ」

「それはないと……」

源太郎の言葉尻が怪しくなった。

「おまえが、連れて行くのだ。明日、捨吉の家に行き、奉行所まで付き添え。よいな」

源之助は釘を刺した。源太郎はしっかりと首肯した。

三

善右衛門は三橋との碁を終え、ひたすらな満足感に浸っていた。とにかく言いようのない喜びがふつふつと湧いてくる。碁をやっていて本当によかった。三橋が帰ってから心地よい疲労に浸っていると、

「おとっつあん、山村《やまむら》さまの掛《かけ》なんだけど」

善太郎が入って来た。

「はあ」

何を言われたのかわからずぽかんとした。

「掛け取りに行ってきて、そのお金を渡しただろう。十両だよ」

善太郎はしっかりしておくれと付け加えた。

「十両か」

繰り返すと記憶が蘇《よみがえ》ってきた。善太郎が出入り先である番町《ばんちょう》の旗本山村屋敷から集金してきた小判で十両を、袱紗《ふくさ》に包んで持って来たのだ。確かに受け取った。

「碁に夢中になっていたから覚えていないんだろう。困ったもんだな」

善太郎の批難は当然だ。

「すまない、ちょっと待っておくれ」

脇を見た。

ない。

「おとっつあん、確か碁盤の下に入れていたよ」

善太郎が覗き込むと同時に善右衛門も確認した。

「おかしいな」

善右衛門は首を捻った。善太郎が批難の目を向けてくる。

「しっかりしとくれよ」

「今、探すよ」

善右衛門は周りを探す。善太郎もじっとしていられなくなり、一緒になって部屋の中を探した。

「おかしいな」

善右衛門は呟いた。

「おかしいなじゃないよ」

善太郎が声を高めた。事の重大さに気が付いてきた。十両の金が紛失した。

まさか……。

まさか、三橋が持って行ったのでは……。

いや、そんなことはない。三橋が他人の金に手をつけるなど考えられない。

「三橋さまが持って行かれたんじゃないかい」

善太郎は善右衛門が危惧《きぐ》したことをあけすけに言葉に出した。

「馬鹿なことをお言いでないよ」

即座に否定したものの、不安は去らない。三橋が盗みを働くなどあり得ないと三橋を信じたい気持ちと、よもやという疑心がない混ぜとなって胸を揺さぶる。

「馬鹿なことじゃないさ。だって、他には考えられないじゃないか。この部屋に出入りしたのは、おとっつあんと三橋さましかいないんだから」

「だからって、三橋さまが、持っていかれたはずはない」

「そんなことわかるもんか。こう言っては失礼だけど、お暮らしぶりは楽じゃないんじゃないのかい」

「失礼なことを言うもんじゃないよ」

むきになってしまう。

「とにかく、三橋さまのところに行ってくるよ」

「余計なことをするんじゃない」

「十両といえば大金だよ。いや、これが、一両だって一文だって同じだ。商いで得たまっとうなお金がなくなって平気でなんかいられるものか。そんなんじゃ商人失格さ」

「十両なら、わたしが工面するよ」

声が震えてしまう。

「そういう問題じゃないよ」

善太郎は腰を上げた。

「待ちなさい」

「行ってくる」

「わたしが行ってくる。おまえは、待っていなさい」

善右衛門は善太郎を制して立ち上がった。

「おとっつあん、面と向かって三橋さまに訊けるのかい」

「お尋ねするさ」

「本当だね。きちんと、十両のこと確かめてくれなきゃいけないよ」

善太郎は念押しをしてきた。どっちが親で息子なのかわからないようなやり取りだ。

善太郎の険《けん》のある目を跳ね除けながら善右衛門は居間を出た。

四半時（三十分）後には、三橋の屋敷にやって来た。屋敷の門前で立ち止まる。やはり、やめておこう。逡巡《しゅんじゅん》してしまう。

いや、こういうことははっきりさせたほうがいい。でないと、ずっと胸にわだかまりが残ってしまう。それでは楽しく碁を打つどころではない。もし、三橋が十両を持ち去ったのなら。そんなことはない。絶対ないとは思うが……。

善右衛門は木戸門脇の潜り戸を開けた。砂を詰め、縄で括ってある徳利が上がった。身を入れると背後で徳利が下がり、戸が閉まる音がした。遠慮がちに母屋に向かう。格子戸の前に立った時、がらがらと開いた。潜り戸の開け閉めに気付いたのだろう。比奈が立っていた。

「断りなしの訪問、失礼申し上げます」

「かまいませぬ。どうぞ、お入りください」

比奈は笑顔で招き入れてくれた。奥に進み、居間に入る。三橋が座っていた。

「いかがされた」

顔が曇っているように善右衛門の目には映った。話を聞く前から三橋を疑っているようで自分を責めた。三橋を信じなければ……。

「いえ、その」

口ごもってから、また、碁が打ちたくなったと嘘をついてしまった。

「どうにも、辛抱できませんで、やって来てしまいました」

「いや、わしは構いませぬぞ。望むところでござる」

三橋は笑顔で応じてくれた。

「いけませぬな。碁好きは、こらえ性がなくて」

善右衛門は碁盤を挟んで三橋と向かい合った。すぐに、碁に熱中した。やはり、三橋が盗んだはずはない。とうとう、十両の件は切り出せなかった。


碁を終えて家に戻った。

既に、雨戸は閉じられている。母屋の寝間に入ると、手文庫から金を出した。小判で十両を用意し、それを袱紗に包む。そこへ、善太郎が入って来た。

「遅かったじゃないか」

善太郎のぶっきらぼうな物言いに腹が立つ。

「あったよ」

善右衛門は袱紗包みを手にした。

「やはり、三橋さまが持って行かれたんだね」

善太郎が言うと、

「違うよ。おとっつあんが、ここの手文庫に入れておいたことを忘れていたんだ」

息子に嘘をつく後ろめたさと情けなさで胸が潰れそうだ。商人として、いや、父親として失格である。

「嘘だろう。おとっつあん、自分の金を工面したんだろう」

あっさりと善太郎に見ぬかれ、

「そんなことないよ」

自分でもむきになるのがわかる。

「おとっつあん、しっかりしとくれよ。いくら碁の手ほどきを受けたからって、金を盗み出した人と交わるなんてやめておくれ」

「おまえ……」

「だってそうじゃないか。わかったよ。この金は掛け取りの金にしとくよ。でもね、もう、二度と三橋さまには、うちの敷居を跨《また》いでもらいたくないね」

善太郎の目が吊り上がった。

「生意気言うんじゃないよ」

善右衛門は善太郎をひっぱたいてやりたいが、後ろめたさからそんなことはできない。

「いいね」

善太郎は強く釘を刺すと、寝間から出て行った。


明くる二十四日の朝、源之助は居眠り番で善太郎の訪問を受けた。

「これ、お持ちしました」

善太郎は雪駄の予備を持って来た。それは鉛板の入った雪駄である。

「すまぬな」

源之助は受け取る。善太郎の表情は冴えない。いつもの明るさが失われている。たくさんの履物が入った風呂敷包みを軽々と背負って来たのを見ると、身体を壊したのではなさそうである。

「どうした」

「おとっつあんのことなんです。困ったもので」

「碁に夢中になっていることが心配か」

「そうなんです」

「碁ならばよいではないか。いや、わたしも碁に夢中になっておるからそんなことを申しておるのではない。博打《ばくち》や酒、女に身を持ち崩すよりはよい」

「あたしもそう思っていたのです。ですが、これが、少し困りものでして」

善太郎は昨日の掛け取りの金十両の一件を話した。

「おとっつあん、三橋さまに遠慮して十両を取られたままにしているのです。今は、十両ですんでいますが、この先、三橋さまと碁を打ちつづけると何か悪いことが起きそうな気がして仕方がありません」

「確か御家人だったな」

「そうなのです。こんなことを申しては失礼ですが、当節、御家人方のお暮らしぶりは決して楽ではないと耳にします。ですから、出来心というものもございましょう。わたしは三橋さまを罪に問うことはしたくはありませんが、先行きが不安です。蔵間さま、父の目を覚まさせていただけませんか」

善太郎は言った。

「目を覚まさせてと申してもな」

これが、女に耽溺《たんでき》したというのならわかる。しかし、碁の友ということになると。

おまけに、自分は今、善右衛門と喧嘩している。余計にこじらせてしまうのではないか。

「お願いします」

善太郎は頭を下げた。

「難しいのう」

「蔵間さまでもですか」

「人の気持ちとなるとな」

「ならば、わたしが三橋さまの所へ行ってまいります」

「行ってどうするのだ」

「もう、父と碁を打ってくださらないようお願いします」

「そんなことができるか」

「わたしはやります」

善太郎も意地になっている。

「その前に、まこと、三橋殿が十両を盗んだのか、それを確かめた方がいいのではないか」

「間違いありません。居間には二人しかいなかったのですから」

「盗人が入ったのかもしれぬぞ」

「いくら、碁に熱中しているからといっても、盗人が入って来たら気付くはずです」

「それはそうだが……。厠などへ行っている隙にということは考えられる」

「二人、一度に厠へ行くものでしょうか」

善太郎の言い分はもっともである。

「それもそうだが」

源之助は思案した。

「では、失礼します」

「くれぐれも慎重にな」

源之助が言葉をかけると善太郎は軽くうなずいたものの目は真剣味を帯びていた。

四

善太郎は紺屋町裏にある三橋の屋敷にやって来た。木戸門脇の潜り戸から入る。徳利番によって戸が閉まったことを確認してから母屋の裏に回った。勝手口の引き戸を開け、

「御免くださいまし」

と、台所の土間に立って声を張り上げた。

いくら侍だからといって、ひるんではならないと声を大きくしたのだ。時を置かず、足音が近づいて来た。

比奈が留守なのか、出て来たのは三橋丈一郎である。緊張に胸を覆われながら杵屋善右衛門の倅善太郎だと名乗った。

「善右衛門殿の使いかな」

板敷に立った三橋は探るような目をした。

「いいえ、父とは関係なくまいりました。三橋さま、わたしがまいりましたわけ、おわかりではございませぬか」

紛失した金十両のことをあけすけに尋ねることはやめようと思った。三橋は武士、武士の沽券《こけん》というものがあろう。ましてや、父善右衛門が全幅の信頼を置いているお方なのだ。ぶしつけな質問は投げかけられない。

もし、三橋が善右衛門が思っているような立派な武士ならば、十両を盗んだとすればそれを悔いているはずだ。問い詰めることなく、自ら申し出てもらいたい。

果たして三橋は小さくため息を吐くと、

「すまぬ」

と、頭を下げた。

善太郎は複雑な気持ちになった。やはり、三橋が盗んだのだったのかという思いと父善右衛門の落胆《らくたん》が察せられ、十両が戻ったとしても喜ぶことができない。

善太郎が口を閉ざしていると三橋はしばし待ってくれと奥へ入って行った。屋敷に乗り込んで来た時の意気込みは雲散霧消し、今は虚脱感を抱くばかりだ。

ほどなくして三橋が戻って来た。十両が入っている袱紗を差し出し、

「検《あらた》めてくれ」

善太郎は静かに首を横に振り、

「三橋さまを信用致します。まさか、これ以上、父を裏切ることはないと存じますので」

と、両手で押し戴くようにして受け取った。

「盗人のわしの言葉ゆえ、信用できぬかもしれぬが、実は返しに行こうと思っておった。せめて、善右衛門殿がまいられた時にお返しすべきだったのだが……」

「父は三橋さまを訪ね、十両のことを確かめようとしたのです。いえ、誤解なさらないでください。父は三橋さまのことを信じておりました。今でもです。わたしが、三

橋さまのところに行き、十両の件をお訊きすると言い張ったので、止むなくお訪ねしたのです。それで、こちらに伺ったのはいいが、十両のことは確かめられず、それどころか、家に帰って自分がうっかり、手文庫に仕舞ったのを忘れたなどと下手な芝居で三橋さまを庇いました」

「善右衛門殿が……」

三橋は拳《こぶし》を握り、肩を震わせた。善太郎も身体の震えを抑えることができない。

「わしは善右衛門殿から金を盗んだばかりか、善右衛門殿の善意を裏切ったのじゃな……。まこと、情けなき所業。この上は、評定所《ひょうじょうしょ》へでも、町奉行所へでも訴えられよ」

「その必要はございません。お金が返ってきさえすれば、このことはなかったことにしたいと存じます。父も三橋さまを訴えることなど望みませぬ。それよりも、わけを……。わけをお聞かせください。どうして、三橋さまのようなお方が金に手をつけたのでございますか」

善太郎は胸が苦しくなってきた。

三橋は伏し目がちに、

「出来心じゃ」

そこには、武士の威厳はなかった。落ちぶれた中年男がいるばかりだ。

「出来心でございますか」

「そうじゃ」

「本当は何かわけがあるのではございませぬか。こんなことを申しては失礼と存じますが、もし、お金でお困りでしたなら、改めてこの十両、差し上げて、いえ、お貸し申し上げたいと思います。父も反対はせぬはず」

善太郎は三橋を傷つけまいと、言葉を選びながら言った。三橋はかたじけないと礼を述べてから、

「あくまで出来心、目の前に十両があった。幸か不幸か、善右衛門殿は厠に立たれた。魔が差したのだ。まったく、武士にあるまじき所業。いずれ、善右衛門殿にはお詫びに参上致す」

淡々とした口調が三橋の慚愧《ざんき》の念を伝えているようだ。

きっと深い理由があるに違いないとは思うが、三橋が語ろうとしない以上、出来心ですますしかない。

ともかく、十両は戻った。

喜びよりも虚しさに包まれながら善太郎は三橋の屋敷をあとにした。

第五章　裏切りの御白洲《おしらす》

一

源太郎は南茅場町の長屋に、風の清次郎を売った男、野州の捨吉を訪ねていた。源之助に釘を刺されたように御白洲まで付き添うのだ。丹後田辺藩《たんごたなべ》牧野豊前守《まきのぶぜんのかみ》の上屋敷の巨大な影が落ちている町屋の一角にある裏長屋だ。

捨吉は神妙な顔で座っていた。先日は無精髭《ぶしょうひげ》が薄《うつす》らと伸びただらしない容貌であったが、今日は髭を剃《そ》り、髷を結い直して小ざっぱりとしている。唐桟模様《とうざんもよう》の小袖は糊《のり》が利いていて、身形《みなり》にも気を配っているのがわかる。

「御白洲の場でしっかりと証言するのだぞ」

源太郎が念押しすると、

「任せてください」

捨吉は胸を張った。

捕縛した男が凪の清次郎かどうかは捨吉の証言にかかっている。京次から裏は取っているが、御白洲の場できっちりと立証する必要がある。先だっての左官の三介の一件があっただけに、吟味を行う与力早崎左京亮は慎重になっている。捨吉にしっかりと証言させなければならないのだ。

「おまえは、見張り役だったのだな」

「何を今更おっしゃるんですか。あっしは見張りしてただけですよ」

捨吉はにんまりとした。


捨吉を捕縛したのは今月の十日に起きた凪の清次郎による盗みの現場においてであった。芝神明宮《しばしんめいぐう》前にある炭問屋越後屋《えちごや》に忍び入ったのを捕縛した。この時、清次郎の子分たちは激しく抵抗した。

忍び入ったのは清次郎を入れて四人、見張りの捨吉を待たせて、土蔵に押し入ったのだが、そこへ北町奉行所の捕縛が入った。三人は死にもの狂いで抵抗した。これまでにも、押し入った先の商家で抵抗する者を殺傷してきた凶悪な連中である。

源太郎と新之助、小者、中間《ちゅうげん》が奮戦、小者と中間が二人、重傷を負い、新之助も腕を切られた。やむなく、三人の手下を斬って捨てた。

この混乱の最中、清次郎は行方をくらまし、捨吉はおろおろと裏木戸で腰を抜かしているところを捕縛されたのである。捨吉は恐れおののいていた。捨吉が仲間に加わったのは、この盗みで二回目、清次郎とは浅草観音の裏手にある賭場で知り合ったのだそうだ。下野《しもつけ》の百姓の三男坊、ごく潰《つぶ》しと蔑まれ、十五で村を飛び出し、江戸へ流れて来た。

口入屋《くちいれや》を頼って、旗本屋敷の小者などをやっていたが、長続きはせず、奉公屋敷を転々としたあと、浜町《はまちょう》にある廻船問屋《かいせんどんや》の人足に雇われた。荷役の仕事に従事しているうちに、日銭を溜めた。それで真面目に奉公をしていればよかったのだが、銭を増やそうと賭場へ出入りするようになったのだった。

賭場で負けが続き、すってんてんになった。

そこへ声をかけてくれたのが、

「風の親分ってことです」

間の抜けた容貌に下野訛《しもつけなま》りが相まって、人の好さを感じさせるが、この男は元来が不真面目、まっとうな暮らしはできないのである。

清次郎が目をつけたのは、捨吉が廻船問屋の人足をやっていることだった。捨吉に蔵の鍵の蠟型《ろうがた》を取らせ、手引きをさせたのである。清次郎も下野の出身、同郷の誼《よしみ》もあって面倒を見てくれたという。

捨吉は見張りをしているだけでいいという条件で仲間に加わったのである。

ところが、

「おら、怖くなってしまったです」

捨吉は怯えた。

恐くなって北町奉行所に出頭したのである。源太郎と新之助は一計を案じた。風の清次郎一味を一網打尽《いちもうだじん》にしようと、次の盗みをする時の情報を教えるよう泳がせたのである。見張り役をやったことは大目に見てやることになった。

捨吉は快く引き受けた。

捨吉がもたらした情報は正確なもので、一味が押し入った所を押さえることができたのである。

しかし、肝心の清次郎を逃してしまった。

捨吉は動転した。

「おら、仕返しされる、きっと、親分に仕返しされる」

と、泣き付いてきたのだ。

「清次郎はおまえが裏切ったとは思ってもみないのではないか」

「親分はそんなに甘えお人じゃねえ。きっと、気付きなさるだ。おら、地獄の底まで追いかけられて、殺されるだ」

「清次郎のねぐらを知っているか」

「ねぐらは知らねえが、出入りしている賭場なら知ってる」

捨吉の言葉に従って、浅草観音裏の賭場を張り込み、出入りする男たちを捨吉に面通しさせた。その結果、清次郎をお縄にしたのである。

源太郎は我に返った。捨吉は能天気《のうてんき》な顔で座っている。

「おまえはいいな、気楽で」

思わずぼやいてしまった。

「そんなことねえよ。おら、親分が首を刎《は》ねられるまでおちおち寝てなんかいられねえよ」

捨吉は反発したが、間の抜けた顔の物言いとあって全く説得力がない。

「盗んだ金の在り処、心当たりないのか」

「ありませんよ。親分は用心深いからね。子分たちには一切《いっさい》、知らせなかった。子分たちは働きに応じて、金をもらっていたんです」

「ちなみに、おまえはいくらもらっていたのだ」

「おら、見張りと手引きで一両です」

「一両か」

いかにも少ない。これまで、風の清次郎一味が押し入ったのは、わかっているだけで、七軒。一軒当たりの被害は、百両から五百両の間。総額で千五百両余りと考えられている。捨吉のような見張りの下っ端ならともかく、押し入って働いた三人の手下たちにはある程度払っていたのではないか。

ところが、

「多くて百両、七十両と五十両でしたよ」

すると、千三百両は清次郎が独り占めということらしい。

「不満は出なかったのか」

「出ましたよ。もっと、よこせって。で、あの盗みの時から親分は盗んだ金の半分を三人に分け与えるって約束したんですよ」

三人は欲に目がくらみ、一両でも多く盗み出そうとした。これが盗人一味には禍《わざわい》し、いつもよりも時を要した。

風の清次郎一味は、とにかく盗み働きが速いことで知られていた。二つ名の由来は、風のごとく盗み入り、風のごとく立ち去る。従って、運び出すのに困難なほどの大金を盗んだりはしなかった。

三人が目の色を変えて金を盗んでいるのを尻目に清次郎は風のように逃げ去ったというわけだ。

「まったく、すばしこいやつだったがな」

そんな男が、この凡庸《ぼんよう》な男によって捕まってしまうとは。世の中、わからないものである。

「ともかくだ、今日はしっかり証言するんだぞ」

「そんで、証言したら、褒美《ほうび》、頂けるかね」

この男、欲は人一倍あるようだ。

「与えられるぞ」

腹が立ったが、奉行所では証言に三両を下賜《かし》することにしていた。

「三両もらったら、真面目に奉公するのだぞ」

「おら、今度こそ真面目に働きますだ」

締まりのない表情だけに、まるで真実味がないが、説教する気にはなれない。

「賭場になんぞ、足を踏み入れるんじゃないぞ」

「旦那、わかってますよ。おら、これでも身体だけは頑丈にできていますからね、また、人足仕事をやって地道に暮らしますだ」

日本橋本石町の時の鐘が昼九つ（正午）を告げた。御白洲が開かれるのは半時（一時間）後だ。ここから北町奉行所まではおよそ十町、四半時とかからないが、早めに出かけよう。

「そろそろ、行くぞ」

「へい」

捨吉は立ち上がった。

二人は長屋を出て一路北町奉行所へと向かった。


長屋を出て丹後田辺藩邸を過ぎると、捨吉は茶店で茶を飲ませろとか、桜餅を食わせろと要求してきた。

拒絶したかったが、御白洲で気持ちよく証言させるため、捨吉の要求を受け入れてやった。それに、まだまだ時間はある。

田辺藩邸を過ぎてすぐの御堀に架かる海賊橋《かいぞくばし》の袂《たもと》に手ごろな茶店があった。茶店の縁台に並んで腰掛け、茶と桜餅を頼んだ。

「もう、桜だ、花見でもしてえな。旦那は何処で花見するだかね」

捨吉の能天気ぶりに付き合うのは骨が折れるが、

「墨堤《ぼくてい》かな」

むっとしながら返す。

「飛鳥山《あすかやま》には行かねえかね」

「遠すぎるな」

「おら、飛鳥山で花見をするだがよ」

好きにしろと内心で毒づいた。捨吉は美味そうに桜餅を食べ、茶を飲んだ。とてものこと、これから御白洲で証言する緊張とはほど遠いものであったが、その方が、確かな証言を得られるものと思い直した。

茶店を出て本材木町《ほんざいもくちょう》一丁目を歩き、間もなく日本橋の高札場に至った。

「旦那、ションベンだ」

捨吉は尿意を訴えてきた。

「奉行所は間もなくだ。我慢しろ」

「そんなこと言ったって、出物《でもの》、腫《は》れ物《もの》、所嫌わずですだ」

そうだ、捨吉に気持ちよく証言させねばならない。源太郎は気持ちを押し殺して捨吉の要求を叶《かな》えてやることにした。

通一丁目の表通りに面して軒を連ねる大店の一軒に頼み、厠を拝借した。源太郎も付き合い、用を足してから、奉行所へと向かった。

呉服町《ごふくちょう》の賑わいを通り抜けると呉服橋に出た。呉服橋を渡って呉服橋御門を入れば北町奉行所である。

「いよいよ、御白洲ですだ」

捨吉はさすがに表情を引き締めた。

二

一方、新之助は清次郎の護送に当たっていた。

牢屋敷のお仕着せに身を包み、後ろ手に縄で縛られた清次郎を唐丸駕籠に乗せ、小伝馬町の牢屋敷を出発する。前後、左右を中間《ちゅうげん》、小者が固め、野次馬が周囲に群れる中、奉行所へと向かった。風の清次郎の手下で残るは、頼りない捨吉のみである。

従って、手下が奪い返しに来る心配はないのだが、清次郎の動じない態度が気にかかってしまう。

現に唐丸駕籠に揺られながらも鼻歌を歌っているのだ。

牢屋敷を出て左に進み、本石町の通りを行く。四丁目、三丁目と過ぎ、右手に本石町の時の鐘が見えたところで、

「おまえ、馬鹿に余裕があるな」

「そんな風に見えますかね」

なんと、清次郎は沿道に群れる野次馬たちに手を振り始めた。

「やめろ」

新之助は十手《じって》を竹網の隙間から入れて背中を突いた。

「いいじゃねえですか。風の清次郎の晴れ姿ですぜ」

清次郎に改悛《かいしゅん》の情という言葉はない。そんな清次郎に野次馬が歓声を送った。

「ところで、牧村の旦那よ」

清次郎は声をかけてきた。

「なんだ」

厳しい顔を向ける。

「この前、北の御奉行所じゃ、大きな失態があったんだってな。瓦版で読んだぜ」

清次郎は正月に起きた、北町奉行所による、左官の熊蔵を盗人左官の三介と誤って捕縛し、死罪にした失態を持ち出した。後に、本物の三介が火盗改によって捕縛されたとあって、その失態ぶりは際立ち、よって今回のしくじりは許されないということは紛《まぎ》れもない事実だ。

「うるさい」

新之助は後ろめさたからつい激高してしまった。

「うるさかねえぜ、北町はよ、また、誤まって盗人を捕縛したんだぜ」

清次郎の声は低くくぐもったものとなった。目つきは剣呑《けんのん》になり、底知れぬ狡猾《こうかつ》さを際立たせた。新之助は思わず言葉を詰まらせた。

また誤まって盗人を捕縛したとはどういう意味だ。

唐丸駕籠は本石町一丁目を通り過ぎ、御堀に出たところだ。御堀に沿って五町も進めば呉服橋に至る。

沿道には風の清次郎が北町奉行所の御白洲に引き立てられるという評判を聞きつけた野次馬が群れていた。その野次馬たちに向かって自分は風の清次郎ではないと言い張ったのだ。

こいつ自分は風の清次郎ではないと言いだし、罪を逃れようという魂胆《こんたん》か。そうはさせぬ。舐められてなるものか

「黙れ！」

新之助は怒鳴り返した。

「黙らねえよ。おら、風の清次郎なんかじゃねえんだ」

清次郎は声を張り上げた。野次馬の中から、清次郎の言葉に反応する者が出てきた。

新之助は嘲《あざけ》り笑い、

「この期《ご》に及んで命が惜しくなったのか」

「誰だって、命は惜しいぜ。ましてや、濡《ぬ》れ衣《ぎぬ》で死罪に処せられるとあってはな」

清次郎は大声で喚《わめ》き散らした。

「うるさい」

清次郎の挑発に乗ってはいけないと思いながらもついつい声を荒らげてしまった。

清次郎はこれを見て、

「みんな。北町のお役人さまは、自分の非を認めようとしねえばかりか、誤まりをわかってて、怒っていなさるぜ」

これには野次馬が、

「ひでえぜ」

「瓦版に書いてあったのは本当か」

「北町らしいや」

などと好き勝手な野次を飛ばし始めた。新之助が睨みつけると、そうした連中は人混みの中に身を隠し、顔がわからないようにして北町奉行所への悪口雑言《あっこうぞうごん》を並べ立てる。

「へへ、世間さまは北町が横暴だってわかってくれてるんだぜ」

「黙れ、全ては御白洲で判明するのだ」

「御白洲で御奉行さまに堂々と物申してやるぜ。おれは、無理やり拷問で風の清次郎にされたってな。みんな、おれは拷問で無理やり盗人にされたんだ」

清次郎はひときわ大きな声を発した。

「黙らぬか」

清次郎を戒める新之助の方が悪者のように映っていることだろう。

「濡れ衣だ」

清次郎は喚き散らす。

「うるさい」

叱責《しっせき》すればするほど、清次郎の声は大きくなり、そのうちに声が嗄《か》れ始めた。汗をたらたらと流し、無実を訴えているその姿は、鬼気迫るものがあり、いつしか野次馬たちも野次を飛ばさなくなり、静まり返ってしまったため、不気味な空気が漂い始めた。

「濡れ衣だ。勘弁してくれ」

清次郎は泣き声を上げ始めた。女の野次馬などは清次郎の悲痛な叫びを聞き、涙する者もいた。

――まずい――

新之助の胸を嫌な予感が覆った。これでは北町の評判は悪くなる一方である。

「御白洲でおれは殺される」

清次郎は泣き叫びながら北町奉行所へと着いた。

「観念しろ」

新之助は低く呟くように言うのが精一杯であった。

御白洲に清次郎は引き出された。白砂の上に莚が敷かれ、後ろ手に縄をかけられたまま正座をさせられた。新之助が縄を引っ張った。

正面の一段高くなった座敷には奉行永田備後守正道《まさみち》、その脇には裃に威儀を正した吟味方与力早崎左京亮が座り、書き役同心が一段低いところで文机に向かっている。階《きざはし》の脇には蹲《つくばい》の同心として源太郎が控えていた。

奉行永田が、

「野州無宿清次郎、面《おもて》を上げよ」

と、凜《りん》とした声を放った。

清次郎は面を伏せたままである。

「面を上げよ」

奉行がもう一度声をかけたにもかかわらず、清次郎は動かない。新之助が、

「面を上げろ」

と、背後から声をかける。しかし、清次郎は身動《みじろ》ぎもしない。早崎が業《ごう》を煮やしたように、

「野州無宿清次郎、面を上げよ」

と、怒鳴った。それでも、清次郎は面を上げようとしないため、新之助が清次郎の顔を持ち、

「顔を上げろ」

無理やり面を上げさせたところで、

「おれは、清次郎なんかじゃねえ」

清次郎は大きな声を放った。永田が早崎に戸惑いの視線を向ける。早崎は言葉を詰まらせたが、

「その方が野州無宿清次郎、通称風の清次郎であることは明白である」

「真っ赤な嘘でごぜえます。御奉行さま、あっしは、そんな大それた盗人なんかじゃありません。勘吉っていう、けちな遊び人でごぜえます」

清次郎の顔は悲痛な形相《ぎょうそう》に歪んでいる。

「嘘を申せ」

早崎の口調が濁っているのは、先頃の失態が脳裏を過《よ》ぎったからであろう。清次郎は永田を見上げ、

「御奉行さま、あっしは清次郎なんかじゃございません」

「しかし、その方は一度、自分が清次郎であることを認めた供述もしているではないか。その後はまた否認しているが……」

永田は清次郎を取り調べた口書を手でひらひらと示した。

「それでございます。あっしは、無理に言わされたんでございます」

清次郎は言った。

「そんなことはない。いい加減なことを申すな」

早崎が清次郎の言葉を遮《さえぎ》った。しかし、清次郎は身を乗り出し、

「拷問でございます、あっしは拷問されたのでございます」

「馬鹿め」

我慢できず、新之助が縄を引っ張る。清次郎はもんどり打って転がりながらも、拷問されたとわめきちらした。

「拷問でさあ」

着物を脱がせろと訴える。

「控えよ」

早崎は威厳をこめたつもりか、低い声を発したが、清次郎は一向に抵抗をやめない。新之助が大人しくさせようと縄を引っ張ったが、清次郎は永田に訴え続けた。永田がたまりかねたように、

「その者の着物を脱がせよ」

永田が清次郎とは呼ばず、その者と呼ぶようになった。嫌な予感が源太郎の胸を覆う。それでも奉行の命令とあらば、従わないわけにはいかない。

「控えよ」

清次郎を怒鳴りつけると、源太郎と新之助は縄を解き、清次郎の着物を脱がせた。

「あっ」

新之助は思わず声を上げた。奉行も早崎も源太郎も驚きの目をした。下帯一つとなった清次郎の身体は、肩、背中、腹に痣や傷の痕《あと》があった。殴る蹴るをされたことが一目瞭然《いちもくりょうぜん》だ。

「御奉行さま、ご覧ください。あっしは、お役人方に拷問をされ、このような身体になり、耐えられなくなって、つい一度だけ、自分が清次郎だと言ってしまったのでござえます」

清次郎は声を嗄らして訴えた。永田は絶句した。三介と間違って捕縛した熊蔵のことが嫌でも思い出される。

「そんなことはない。拷問などしておらぬ」

早崎は清次郎ではなく、永田を横目に見ながら言った。熊蔵の失敗から、早崎は何時《いつ》にも増して慎重な取り調べを源太郎と新之助に求め、拷問はするなと釘を刺した。

清次郎は止まらない。

「この傷をごらんくだせえ」

こうなっては黙ってはいられない。

「牢屋敷で、囚人たちから暴行を受けたのでございます」

源太郎は立ち上がった。

「そうです、そうに違いありません」

早崎も声を震わせた。

辣腕の吟味方与力、完璧無比の吟味振りで評判の男が取り乱したことで、御白洲は異様な空気に覆われた。

三

「うそだ。御奉行さま、あっしはこの人らに拷問されたのでございます」

清次郎は喚き立てた。新之助と源太郎が清次郎を宥めようと近づくと清次郎は怯えの表情を浮かべ、

「やめてくだせえ、もう、乱暴はご勘弁ください」

と、泣き叫ぶ。

早崎が静まれと言うが、清次郎は聞かない。永田は源太郎と新之助に清次郎から離

れるよう命じた。清次郎がひとしきり泣き叫んだところで早崎が、

「その方、どうあっても清次郎とは認めぬのだな」

茹《ゆ》だったような真っ赤な顔が込み上げる怒りを抑えているかのようだ。

「へい、あっしは盗人なんかじゃござんせん」

清次郎は落ち着きを取り戻した。

「ならば、証言を」

早崎が源太郎に目配せをした。源太郎は立ち上がり、

「野州無宿捨吉、出ませい！」

と、言い放った。

清次郎の目がおどおどと動き始める。ほどなくして、御白洲に捨吉が入って来た。

清次郎は顔をそむける。捨吉は御白洲の隅に座った。早崎が永田に耳打ちをする。永田は軽くうなずき、

「野州無宿捨吉であるな」

捨吉はこくりとうなずくと、蚊《か》の鳴くような声でそうでごぜえますと答えた。

「その方、風の清次郎なる盗人一味に加わっておったな」

「おら、ちょこっと手伝っただけですだ」

捨吉は首をすくめて証言した。早崎が険しい目をし、何か言いたそうだったが、永田がそれを制し、

「見張り役をしておったな」

と、捨吉が清次郎一味に加わった経緯と盗みの詳細を記した口書を読み上げた。

「以上、相違ないな」

「相違、ございません」

捨吉は素直に答えた。ここに至って、早崎も安堵《あんど》したのか表情を落ち着かせた。永田が、

「その方、風の清次郎を存じおるな」

「はい」

「ここにある罪人が風の清次郎であるな」

永田に言われ捨吉は清次郎のほうを向いた。清次郎はそっぽを向いている。新之助が立ち上がり、両手で清次郎の顔を摑むや、捨吉の方に向けた。清次郎は捨吉を凄い形相で睨んだ。捨吉は思わず視線をそらす。すかさず、源太郎が捨吉のそばに行き、

「恐れることはない。ここは御白洲、おまえに手出しはできぬ。証言せよ。それで、決まりだ。清次郎は死罪となる」

耳元で言った。

捨吉はうなずくと清次郎に向いた。

永田が、

「そこの罪人、風の清次郎であるな」

皆の視線が捨吉に集まった。捨吉はしばらく清次郎を見ていたが、やがて首を捻った。次いで、

「いいえ、違います」

捨吉は永田に言上した。

源太郎が驚きの目で見返し、早崎も身を乗り出して大声を放った。

「よおく見よ」

永田は渋面を作っている。捨吉は首を横に振り、

「風の親分ではございません」

今度はきっぱりと答えた。

「なんと」

永田は絶句した。

「牧村、蔵間、どうなっておるのだ」

早崎が二人をどやしつけた。源太郎は捨吉に向いて、

「おまえ……。おまえ、今更、証言を覆《くつがえ》すのか」

「そ、そんなことおっしゃったって。おら、お役人さまに言われて……。わけもわからず、ここに来ました」

捨吉はおどおどとしながらも、賭場から出て来た男を清次郎だと言ったことは言ったが、何分にも夜道であったため、見誤ったかもしれないと言い出した。

「すまねえことですけど、この人は、風の親分じゃねえですだ」

捨吉は申し訳なさそうに身をすくめた。源太郎が凄い顔をすると、捨吉は視線をそらす。

「御奉行さま、お聞き届けになりましたでしょう。あっしは、風の清次郎なんていう大盗人じゃねえんですよ」

清次郎は言った。

「控えよ、御白洲であるぞ」

早崎は清次郎に叱責を加えたが、いかにも負け惜しみのようであった。永田は苦い顔をしたままだ。

「あっしは盗人なんかじゃねえ。濡れ衣だ」

清次郎の声が青空に吸い込まれてゆく。それはあたかも勝鬨《かちどき》のように誇らしげであった。永田が本日の御白洲はしまいだと告げた。清次郎は引き立てられて行った。御白洲に源太郎と新之助が残り、早崎と緊急な協議が行われた。

「一体、どういうことだ」

早崎は怒りを源太郎と新之助にぶつけた。

「申し訳ございませぬ」

源太郎は面を上げることもできない。

「その方らが間違いないと申すから、御白洲を開いたのだぞ。これでは、一体……」

早崎は怒りを通り越して途方に暮れた。次いで大きくため息を吐いた。

「これでは、三介の二の舞ではないか」

「違います」

新之助が力強く言った。

「なんじゃと」

「三介は、まこと、北町の失態。今回は、あやつが清次郎であることは間違いございません」

「それが、どうした様だ」

早崎は鼻で笑った。

源太郎が、

「捨吉の証言が嘘なのです。面通しをした時、念には念を入れました。捨吉は間違いないと証言したのでございます」

「それがどうして、ここにきて証言を翻《ひるがえ》したのだ」

「清次郎を目《ま》の当たりにして怯えたのではないでしょうか」

「怯えたと申しても、ここは御白洲、仕返しされる恐れはない。それに、捨吉が証言すれば、清次郎の死罪は確定するのだ」

早崎は理解できないというように首を横に振った。

「おっしゃる通りです。ですが、風の清次郎はそれは恐がられていたそうです。そんな、清次郎を目の当たりにして、言葉が出てこなくなってしまったのではないでしょうか」

「そんな腰抜けを証人にするとは、ずいぶんと迂闊《うかつ》なことよな」

早崎は吐き捨てた。

「早崎さま、わたしがもう一度、捨吉を説得してあいつが清次郎であることを証言させます」

源太郎は言った。

「それはよほどの確証がないと難しかろうな」

早崎はため息混じりに言った。やはり、三介のことが引っかかるのだろう。

「なんとしても証言させます」

源太郎は自分自身に言い聞かせた。

早崎は渋面のままである。源太郎は新之助に向いた。

「捨吉が証言を翻すとは思えぬな」

新之助は妙に冷静になっていた。

「何を弱気になっておられるのですか」

源太郎は新之助を責めながらも不安が込み上げてきた。新之助には珍しいことだ。牧村新之助という男、諦めることとは無縁である。それが、弱気になっているのはやはり三介の失態を思ってのことなのか、それとも強い根拠があるからなのか。

源太郎の戸惑いを察してか、

「いや、臭うのだ」

新之助は声を潜めた。

「…………」

「臭うぞ。ぷんぷんとな。つまり、これは、はなから示し合わせていたのではないか」

「清次郎と捨吉がですか」

源太郎の胸に衝撃が走った。

「そんな馬鹿な」

否定をしてみたが、確かに捨吉がいくら清次郎のことを恐れていたとしても、御白洲の場で証言をひっくり返すのはおかしい。

「すると、あれは芝居だと」

早崎も驚いている。

「清次郎はわざと捨吉を操って自分を町方に捕まえさせたんだ。北町は、このまえの失態があるだけに、よほどの確証がない限り、自分を罰せられないと見越したのかもしれない」

「おのれ」

源太郎は歯嚙《はが》みをした。

「狡猾な奴だが、そこまでするとはな」

早崎も悔しげである。

「そういえば、捨吉が申しておりました」

源太郎は清次郎がけちで子分たちは清次郎へ分け前の不満を抱いていたこと、それに答えて前回の盗みでは子分たちに分け前の半分を与えると約束したことを語った。

「清次郎の奴、わざと子分を殺させ、自分だけ逃げるつもりでいたのだ。自分に従順な捨吉を抱き込んでな」

新之助の考えに、

「間違いなかろう」

早崎も納得したようである。

「狡猾な奴だ」

源太郎は舌打ちをした。まんまと騙された。清次郎にばかりか、捨吉にもしてやられたのだ。二人を批難するよりも、責められるは自分だ。未熟以外の何物でもない。

「しかし、証がない」

早崎は清次郎と捨吉の魂胆がわかったとしても、いや、わかっただけに苦しげである。今回の吟味、捨吉の証言に頼っていた。京次を牢屋敷に潜入させ、清次郎に接近させて、確かに清次郎に相異ないとわかったのだが、御白洲の場での捨吉の証言が裁許の根拠となる。それに、三介の一件が尾を引き、世間はまたしても北町の失態と批難するだろう。

無理やり風の清次郎だとして死罪に処すわけにはいかない。

早崎が慎重になるのも無理はない。奉行永田とても、安易には沙汰を申し渡せないだろう。しかし、悪党には罪を償わせなければならない。

「こうなったら、捨吉を締め上げます」

源太郎は強く主張した。早崎は思案するように腕を組んで瞑目《めいもく》した後、

「御奉行と協議致す」

と、座を立った。

四

早崎が戻るまでの間、源太郎は新之助に苦悩の表情で訴えかけた。

「わたしの責任です。うまうまと、捨吉にやられてしまった。本当に情けない限りでございます」

「今更、申してもどうしようもない。それに、欺かれたのは、源太郎だけではない。おれだって騙されたし、申してはなんだが、緒方殿も早崎さまも……。まあ、こんな

ことを申すと、上役に責任を押しつけてしまうことになるがな」

新之助も唇を噛んだ。

「もう一度、調べ直し、捨吉になんとしても証言させなければ」

「やり直しか……」

新之助は考えあぐねていた。

二人はどちらからともなく無口となり、今後の方策を練った。妙案が浮かばず、重苦しい空気が漂う中、早崎が戻って来た。

「清次郎と疑わしき男は解き放つことになった」

清次郎と疑わしき男と言ったことで、早崎が弱気になっていることがわかる。

「解き放つのでございますか」

源太郎は露骨に不満を言葉に滲《にじ》ませたが、強くは主張できない。なんとしても、捨吉を信用していた自分が悪いのだ。

「御奉行と協議をした。こうなっては、解き放つしかない」

やはり、三介の一件が災禍《さいか》となってしまったのだ。

源太郎は敗北感に打ちひしがれた。

「わたしの落ち度でございます」

がっくりとうなだれた。

「明日にも、牢屋敷に清次郎と疑わしき男の解き放ちを命ずる」

早崎は乾いた口調で告げた。有無を言わせない態度だ。

「承知致しました」

新之助が言い、源太郎も頭を垂れた。


奉行所を出た。

「わたしは、捨吉を訪ねます」

「今更、捨吉に証言をさせようとしても無駄だぞ」

新之助は残念だがな、と言い添えた。源太郎だってそれはわかっている。清次郎が解き放たれるとあれば、捨吉は用済みである。それに、捨吉が清次郎と繋がっているとすれば、捨吉が証言を翻すはずはない。それでも、捨吉の話を聞かずにはいられない。その気持ちを新之助も汲《く》み取ってくれたようだ。

「いいだろう。おれは牢屋敷へ行く。おれだって、このまま引く気はない。三介事件の失態を、北町の失態を利用して、己が罪を逃れようとするとは、許せん」

新之助の目に輝きが戻った。

奉行所の弱腰が新之助の闘志に火をつけたようだ。

「京次にもう一働きさせますか」

「京次頼りはいかにも気が咎めるが、やむを得ん」

「京次なら、快く引き受けてくれますよ」

源太郎は言うと、捨吉の家に向かって歩き出した。


南茅場町の捨吉が住んでいる長屋にやって来た。

腰高障子の前に立って、

「捨吉、わたしだ。蔵間だ」

と、叩いた。

返事はない。

――やられたか――

腰高障子を開けた。捨吉はいない。家財道具はある。単に、まだ帰っていないのか。それとも、逃げたのか。逃げた可能性が大きい。予想できたことだ。

清次郎と捨吉は接触するだろう。となれば、解き放ちを逆手《さかて》にとって、清次郎を泳がせ、捨吉と接触するところを追跡すればいい。

となると、益々、京次の役割が重要となる。京次頼む。

清次郎は牢屋敷へと戻って来た。大牢へ戻るとにこやかだ。京次が近寄った。

「親分、馬鹿に機嫌がいいじゃござんせんか」

「そうさ」

「お沙汰が下ったんでしょう」

「まあな」

清次郎は益々、上機嫌だ。

囚人たちの目がこちらに集まった。

「沙汰は下りなかったんだ」

「どういうことですよ」

「御奉行さまが引っ込んじまったんだ」

清次郎は哄笑《こうしょう》を放った。みな、目を白黒させている。てっきり、死罪を言い渡されて来たのだとばかり思っていただけに、清次郎の言葉は理解しがたいものであった。

「どういうことです」

思わず京次は問い直した。

「さてな、よくわからねえや。お上のなさることはよう。ただな、御奉行さまだって神さま、仏さまじゃねえ。間違いをなさるってことだよ」

「間違い……」

御白洲でのやり取りを知らない京次は当惑するばかりだ。

「ともかく、もうすぐでこともおさらばだぜ。獄門になるか娑婆に戻るかはわからねえがな」

「娑婆へ」

京次は呆然《ぼうぜん》とした。

そこへ鍵役同心上村弥平次がやって来た。京次に出るよう言う。

「なんでえ、まだ、取り調べがあるのか」

清次郎は不信感を抱いたようだ。

「しつこいですよ。たかだか、簪を盗んだだけだっていうのに」

京次は首をすくめた。清次郎はうれしそうな顔をして、

「北町は、慎重になってやがるのさ」

一人合点をした。

京次は穿鑿所へとやって来た。新之助がいる。牢屋同心が出て行ってから、

「実はな、とんだしくじりだ」

新之助は御白洲での様子を語った。

「捨吉が証言を翻してしまった。捨吉と清次郎は繋がっていたのかもしれん」

新之助が言うと、

「それで、どうなるんですか」

「解き放ちだ。明日にも御奉行より石出帯刀さまに清次郎解き放ちの通達がある」

「なんてことに」

京次は首を横に振った。

「おれと源太郎の失態だ。それで、こんなことを頼むのは心苦しいのだが、明日、おまえも解き放たれる」

「わかりました。清次郎の奴にくっついて行きますよ」

「五十叩きは免れるように配慮する」

新之助が言うと京次はしばらく口を閉ざしていたが、

「いや、五十叩きを受けます」

「いや、それはしかし」

「五十叩きを受けないと、清次郎の不審を買いますよ。あっしは、この役目を引き受けてから覚悟はできています」

しかし、五十叩きは相当にきつい。それでも、清次郎の懐に飛び込むにはそれをやらないと信用されないかもしれない。

「任せてください」

「お峰に泣かれるな」

新之助はすまんと付け加えた。

「なに、その辺のところはうまいこと言いくるめておきますよ」

京次は明るく言った。それが余計に新之助の胸には堪《こた》えた。

牢に戻った。

「どうやら、明日、五十叩きですよ」

京次は清次郎に言った。

「そうか、よかったな。おれもな、明日には解き放ちだ」

「本当かい」

「間違いないだろうさ」

清次郎は言った。

「どういう事情かはわからねえが、親分、おれを子分にしてくれるんだろうな。約束だぜ」

「いいだろう。子分が欲しかったところだ。おれの子分はいなくなっちまったからな」

清次郎は言った。

第六章　罠碁

一

その頃、杵屋の母屋の居間では、

「なんてことしてくれたんだい」

善右衛門が善太郎を怒鳴りつけていた。

「おとっつあん、いい加減に頭を冷やしたらどうだい」

「おまえって男は」

「でもね、三橋さまが取っていかれたんだよ。三橋さまがそうおっしゃったから間違いないんだ。実際、十両を渡してくださったじゃないか」

「それは……」

善右衛門の顔は複雑に歪んだ。

「おとっつあん、目を覚ましな」

善太郎に責められ、善右衛門は言葉を失くし、虚ろな目となってしまった。

「もう、碁はやめるよ」

善右衛門は肩を落とした。


善太郎は家を出た。そこに源之助が待っていた。

「どうにか、父はわかってくれました」

「そうか」

「しかし、三橋さま、確かにご立派なお侍さまでございましたが、十両を盗んだのは出来心というやつなんでしょうかね」

「さてな」

「何も申されませんでしたが、何かわけがあるのではないかと思います」

「気になるか」

「はじめのうちは、三橋さまをひどいお方だと思っておりましたが、よくよく考えてみますと、いかにもわけありのような気がしてきました」

善太郎は不安げに首を捻る。源之助も三橋の人となりを聞き、善右衛門が信頼しているとあれば、つい確かめてみる気になってしまった。

「わたしが一度、訪ねてみるとしよう」

源之助は言った。


源之助は三橋の屋敷へ向かう途中にある京次の家に寄った。稽古所から三味線の音が聞こえてくる。きれいな音色だ。どうやら、お峰が一人のようだ。今のところは稽古客が来ていないようだ。京次のことが気がかりなのだろうか。

「御免」

格子戸を開ける。三味線の音が止まり、奥からお峰が出て来た。

「まあ、蔵間さま、ようこそおいでくださいました」

「稽古、休みか」

言いながら座敷に上がった。

「ええ、まあ……」

お峰はすぐに茶を持って来ると奥に引っ込んだ。稽古にやって来る者たちがいないため、だだっ広さを感じる。稽古に来るのは、男ばかりだ。やはり、京次がいないと安心して稽古することができないのだろう。

「どうぞ」

お峰は茶と厚切りの羊羹《ようかん》を持って来てくれた。弟子たちは何かと、菓子を土産《みやげ》に持って来る。お峰の気を引こうとしているのだ。

「京次、留守のようだな」

源太郎から牢屋敷潜入のことを聞いてはいたが、それを話すことはできない。

「湯治だなんて言ってましたがね、一体、何をやっているんだか」

お峰はぶつぶつとぼやき始めた。

「女房焼くほど、亭主、もてやせずと申すではないか」

源之助が笑いかけると、

「それもそうですね」

お峰は舌をぺろっと出した。

「まあ、冗談はさておき、京次のことだ。お峰を泣かすようなことはせん」

「そうだといいんですがね」

しばし世間話をしていると、

「そういえば、風の清次郎って盗人、唐丸駕籠に乗せられて御奉行所の御白洲へ引かれて行きましたけど、それが、大変な評判になっていましたよ」

「名うての盗人だからな」

この時はまだ、源之助は清次郎の護送の様子を知らない。お峰が、沿道で清次郎が自分は清次郎ではない、濡れ衣だと喚き立てたことを話した。

「それで、こんなこと言ってはなんですが、先だっての左官の三介とかいう盗人の一件があったじゃないですか、それで、今回も間違いじゃないかって評判が立ってますけど……」

お峰は言ってから、源之助が気を悪くしたのかと思ったらしく、すみませんと頭を下げた。

「風の清次郎、往生際《おうじょうぎわ》の悪い奴だな」

源之助は何故か胸騒ぎを覚えた。

「まったく、妙な連中が多いですね」

その清次郎と京次が接しているとは言えなかった。

紺屋町裏にある三橋丈一郎の屋敷へとやって来た。

木戸門脇の潜り戸から中に入る。徳利が上がり、源之助が入ると戸が閉まった。母屋の玄関が開き、娘が現れた。善右衛門と一緒だった娘だ。三橋の娘だと聞いている。確か、名前は比奈だった。

源之助は素性を名乗った。

「北町の同心さまが父に御用なのでしょうか」

比奈の警戒心を呼び起こしたようだ。自分は定町廻りではなく、両御組姓名掛の者だと説明し、実は、杵屋の善太郎に頼まれてやって来たのだと告げた。比奈はそれでも、警戒を解いていなかったが、

「客人か」

母屋の中から三橋と思《おぼ》しき男の声が聞こえてきたため、どうぞお上がりくださいと中に通された。玄関を上がり、廊下を奥に進んで居間に入ったところで、比奈から三橋に紹介され、改めて挨拶を送った。三橋は軽くうなずくと、

「拙者、とんだ不始末をした。捕縛にまいられたのかな」

「いいえ、比奈殿にも申しましたように、わたしは定町廻りではございません。それに、町方ですからな、御家人の当主を捕縛することはできませぬ」

と、今日来たのは善太郎の話を聞いたからだと言い添えた。

「善太郎は、三橋殿が十両を持ち帰ったことに納得がいかないようなのです。三橋殿

が品格を備えたご立派な武士であるゆえ、とても金を盗むなどという所業とは結びつかないと疑問に思っております。善太郎ばかりか善右衛門殿も受け入れがたいようで、心を痛めております」

「善太郎に申したように出来心でござった。武士の風上にも置けぬ男でござる」

三橋は善右衛門が厠に立った時、碁盤の下に置いてあった金に目が行ってしまった。気付いた時には、

「袖に入れてしまったのでござる」

目を伏せ、恥じ入るように語った。他人の金に手を出したにもかかわらず、品性に下劣なところがない。善右衛門が信頼するのがよくわかる。そんな三橋が出来心で金を盗むだろうか。

益々疑問を感じてしまった。

「出来心と申されたが、何か深いわけがあるのではござらぬか」

源之助は比奈に視線を向けた。比奈は源之助と視線を合わせようとはしなかった。

「あくまで出来心でござる」

三橋の視線がそれた。決して出来心などではない、深いわけがあることを物語っている。

「わたくしのせいでございます」

比奈が口を挟んだ。

「黙っていなさい」

即座に三橋が制したが構わずに比奈は続けた。

「わたくしのせいでございます」

比奈は日本橋本石町の碁会所で借金を作ってしまったのだという。

「賭け碁でございます」

比奈は碁会所で賭け碁に応じたのだそうだ。いかにも、品行方正そうな御隠居風の男であったという。

「わたくしは、思い上がっておったのでございます」

比奈は本石町の碁会所で賭け碁が行われていることを耳にした。暮らし向きが楽ではないことから、暮らしの足しにしようと碁会所に行った。自分の腕の過信が招いたしくじりだと後悔していると言い添えた。

「初めは、みなさんの碁を見ておりました」

相手を物色したのだという。それで、この人なら与《くみ》しやすいという相手を見つけた。商家の隠居風の男であったという。

隠居風の男……。

あの老人、こてんぱんにやっつけられた男、確か醤油問屋の隠居で権太郎といったが、あの男であろうか。

「初めはわたくしが勝っておったのでございます」

比奈は勝って気をよくした。

「賭け金は一分《いちぶ》でございました」

初日は、比奈が二分勝ち、翌日の対戦を約束した。明くる日は、三分の勝ち、その翌日は一両を勝った。

「わたくしは調子づき、相手が賭け金を吊り上げるのにも応じてしまったのでございます」

次から一局の賭け金は一両となり、二両となり、三両となったところで負けた。負けることもあるだろうと思って続けたが、負けが込み、取り返そうと焦った。気付くと十両の負けになったという。

「途方にくれましたところに、杵屋さんと出会いました」

比奈は申し訳ないことに、善右衛門を鴨《かも》にしようと思ったという。しかし、それはできなかった。

「杵屋さまのあまりに純心なお人柄にとてものこと、騙してお金を巻き上げるなどできるものではございませんでした」

比奈の目から涙が溢れた。その後、善右衛門の人柄に感服し、碁好きの父に紹介した。ところが、負け金十両の督促がくる。相手に言われるまま借用書に名前を記し、爪印《つめいん》を捺した。これで、賭けではなく純粋の借金をしたことになってしまった。

どうしようかと思い悩む様子を気付かれ、三橋に問い詰められた。誤魔化すことはできずに、賭け碁をして十両負けてしまったと告白した。三橋は驚きながらも、どうにかせねばと思っていたところに、善右衛門の招待に応じ杵屋へ行った。その際に、目の前に無防備な十両があった。

善右衛門に借りようかと思ったが、武士の意地が災いし、言い出せなかったという。

「では、その十両は未だ返済されておられぬのですな」

源之助は比奈に尋ねた。

「はい」

比奈は面を伏せる。

「わたしが掛け合いましょう」

源之助の申し出を、

「それはできませぬ」

比奈が断り、三橋も応じることはできないと言い添えた。この期《ご》に及んでも、三橋親娘は武士の意地という呪縛《じゅばく》から逃れることができないようだ。

「では、いかがなさる」

「それは……」

比奈は言葉には出せないようだが、算段をしているようだ。比奈の悲壮な決意を物語っていた。

二

比奈は身を売る気なのではないか。御家人の暮らしを思えば、十両はいかにも大金だ。品性卑しからぬ三橋丈一郎が一時は盗んでまでして得ようとしたほどである。

「わたしがその男に会ってまいりましょう。名前は……」

「醤油問屋の御隠居さまで権太郎と、おっしゃいます」

やはり、あの男だ。自分もその人の好さそうな風貌に乗せられてこてんぱんにやられた。権太郎が金を賭けようと持ちかけなかったのは、源之助を八丁堀同心だと見たからであろう。そして、八丁堀同心たる源之助が寄り付かないように徹底的にやっつけたのではないか。

いずれにしても、懲《こ》らしめてやろう。これから先も餌食《えじき》になりそうな碁好きを引き込むに違いない。


源之助は日本橋本石町にある碁会所にやって来た。

格子戸を開け中に入ると、権太郎は一人碁盤を前にして座っていた。源之助を見ると、以前同様人の好《よ》さそうな顔を向けてきた。

「よろしいか」

源之助は碁盤を挟んで向かいに座った。

「そうですな、一局くらいでしたら」

権太郎は一局と区切ってきた。

「何か予定でもあるのかな」

源之助はさりげなく尋ねた。

「もうそろそろ対局を約束しました方が来られるのです」

「鴨が葱でもしょって来るのかな」

源之助はじろりと権太郎を見据える。権太郎の目がしばたたかれた。

「おかしなことを申されますな。鴨とは一体どういうことでございましょう」

惚《とぼ》けさせてなるものか。ここは強く出よう。

「賭け碁をやっておるのであろう」

「賭け碁などと、大仰《おおぎょう》なものではございません」

権太郎は心外だとばかりにかぶりを振った。

「御家人三橋丈一郎殿のご息女比奈殿と法外な賭け金で碁を打ち、十両もの金を奪おうとしておるな」

権太郎の目が大きく見開かれた。

「それはあくまで手前と比奈さまの間でのこと。賭けと申しましても、応じてくださり、お互い納得して行ったのです。手前が一方的に悪いとは心外でございます」

いかにも理屈は通っている。権太郎が開き直るのもわかるが、受け入れられるものではない。

「しかし、十両とはいかにも法外ではないか」

「納得ずくでございます」

権太郎は譲らない。

「納得ずくではあるまい」

源之助は言葉を強めた。

「ですから、それは手前と比奈さまの問題でございます。それに比奈さまからは借用の証文も受け取っております」

権太郎はあくまで突っぱねるつもりのようだ。権太郎の強気を突き崩そうと考えあぐねていると、

「失礼ですが、貸し借りというものは当事者同士が行うものでございますな。御奉行所が介在するものではないのではございませんか」

これまた権太郎の言う通りである。町奉行所が貸借関係の紛争に介入することはない。あくまで当事者同士で解決すべき事柄なのだ。それにしても、開き直られては厄介である。権太郎という男、巧みに比奈を賭け碁に引き込んだように、なかなかのしたたか者だ。比奈は碁の腕を過信し、源之助は八丁堀同心の権威に頼り切ってしまった。

「ともかく、手前と比奈さまの間でのことですからな」

「それは、貸し借りであろう。今回は賭け事だ」

権太郎の老獪《ろうかい》さを持て余し、声を高めてしまった。

「ここに借用書がございますぞ」

権太郎は借用書を右手に持ってひらひらとさせた。源之助は口を閉ざした。

「おわかりいただけたようでございますな」

権太郎は勝ち誇ったようだ。源之助は睨んだが、打開策は見い出せない。腹立たしいことに、権太郎は碁盤に視線を落とし、鼻歌を歌い始めた。

源之助は拳を震わせながら碁会所をあとにした。


三橋の屋敷に戻り、事の顚末《てんまつ》を語った。二人は黙っていた。力になれなかったことを詫びたところ、源之助に申し訳ないと言い添えた。

「どうでござろう。ここは、善右衛門殿に事情を打ち明けては」

「いや、それはできぬ」

三橋はかぶりを振った。武士の意地を捨てられないのであろう。どんな事情があろうと、善右衛門の金を盗んだことは許されるものではない。しかし、現実問題、十両をなんとかしないことには比奈の身が危うい。

「善右衛門殿ならわかってくれましょう。三橋殿、ここは、曲げて」

「二度曲げることになり申す。拙者は武士にあるまじき行いをしたのです。善右衛門殿の金に手をつけてしまったからには、頼ることはできませぬ」

三橋は頑《かたく》なだ。

源之助は比奈の身を案じた。比奈は源之助に向き直り、

「覚悟しております。元はと申せば、身から出た錆《さび》でございます。明日の昼八つ、女衒《ぜげん》が参ります」

比奈は言葉通り腹を括ったのか表情に曇りはなく、さばさばとしていた。女衒は碁会所で見かけた正太《しょうた》という男だそうだ。吉原の遊廓に出入りしている。最早、廓《くるわ》に身を沈めるより他に道はないと決心したのだろう。比奈ほどの美人、しかも御家人とはいえ、武家の娘となれば、十両はおろか五十両にもなるだろう。借金を清算し、残る金で三橋家の暮らし向きはよくなるはずだ。

しかし、それではあまりに比奈が悲惨である。三橋とて娘が廓に売られた金で暮らしが立っても満足するはずはない。それどころか、苦しみと悲しみの日々を送るに違いない。

なんとかせねば。

思えば、三橋親娘は赤の他人、親娘を助けることはお節介《せっかい》以外の何物でもない。比奈が借用書に署名し、爪印を捺したからには借金の紛争となり、八丁堀同心の仕事で

もない。

それでも源之助は三橋親娘を救わねばならないという思いを強く抱いた。親娘への同情ばかりではない。権太郎という男を許せない。下手《へた》とはいえ、碁好きとして、碁を使って不当な稼ぎをするとは卑劣極まりない。

きっと、罠にかけたのは比奈が初めてではあるまい。見過ごしてはならぬ男だ。

源之助は二人の了解を得ることなく、善右衛門に事情を話すことにした。比奈は明日の昼八つには女衒に売られてしまう。それまでに、十両を用意するとなると、頼れるのは善右衛門以外にはない。


源之助は再び杵屋へとやって来た。善太郎に経緯を話した方がいいだろう。善太郎から善右衛門に事情を話してもらい、十両を三橋に貸してもらう。善右衛門とは顔を合わせ辛いのだから、善太郎を通そうと思って呼び出した。

善太郎に比奈が賭け碁に引っ掛かったことを言う。すると善太郎は、

「賭け碁ですか……。世の中には性質《たち》の悪い連中がいるものですね。それにしても、比奈さまはそんなことで、身を売らねばならないのですか。それはあまりに無体《むたい》というものです」

善太郎は三橋に対する疑念が解け、ほっと一安心の様子だが、比奈の身を思うと放ってはおけない気になったようだ。

「おとっつあんに話します。蔵間さまもご一緒ください」

善太郎に誘われたが、

「いや、わたしはやめておく」

やはり、わだかまりが解けていない以上、善右衛門には会い辛い。我ながら女々《めめ》しいと思うがこればかりは気が進まない。そんな源之助を善太郎が、

「お願い致します。これは、比奈さまには申し訳ないのですが、仲直りにはよい機会だと思います」

善太郎の言う通りだ。そうだ、いつまでも意地を張っている場合ではない。大人げないにもほどがある。

「よかろう」

源之助は踏ん切りをつけるように大きな声を出した。

源之助は善太郎と共に母屋へ入った。居間に通されると、善右衛門が座っている。うつろな目で庭を眺めている姿は、急に歳を取ったように見えた。善太郎に呼ばれ、

はっとしたようにこちらを向くと源之助に気付き、ばつが悪そうに横を向いた。それから、

「これは、蔵間さま、しばらくでございます。何か御用件でもございますか」

いかにも険《けん》を含んだ物言いであった。善太郎が、

「おとっつあん、蔵間さまはね、三橋さまの御屋敷に行ってくださったんだよ」

善右衛門はおやっという顔になった。

「あんまり、おとっつあんが塞《ふさ》いでいるから、あたしが頼んだんだ。蔵間さまは快く引き受けてくだすったんだよ」

善太郎の言葉を引き取り源之助は、

「実は、比奈殿が碁会所で賭け碁にはまってしまったのです」

と、事情を説明した。善右衛門の口があんぐりと開かれた。

「そんな……。それはひどうございますな」

善右衛門は首を横に何度も振った。善太郎が、

「あたし、これから三橋さまの御屋敷へ行って来るよ、行って十両をお渡しする」

「十両をお渡しすることはやぶさかではないが、それでは、三橋さまに二度も屈辱の思いを抱かせてしまうのでは……。果たして、お渡ししていいものかどうか」

善右衛門は三橋の人柄を思い、躊躇《ためら》いを示した。

「でも、それでは比奈さまは悪所に身を沈めてしまうことになるんだよ」

善太郎の言葉に善右衛門は反論できず黙り込んだ。

「躊躇《ためら》っている場合じゃないんじゃないかな」

善太郎は源之助に視線を預けた。

「相手は卑劣な男ですぞ。むろん、杵屋殿のお金ゆえ、無理強いはできませぬが」

源之助は善右衛門の気持ちを慮《おもんぱか》って慎重な物言いをした。善右衛門はそれでもどうすべきか迷っていた。そこへ、

「御免」

三橋の声がした。

善太郎が玄関まで迎えに向かった。二人きりになった源之助と善右衛門は、なんとなく気まずい空気を感じながら三橋がやって来るのを待った。お互い、言葉を交わすことができないでいる中、三橋が入って来た。

三橋は居間に入る前に縁側で正座をした。それから両手をつき、

「今回の不祥事《ふしょうじ》、まことにすみませんでした」

と、両手をついた。どうやら、善右衛門に詫びを入れに来たらしい。自分の口から

直接善右衛門に謝罪したかったのだろう。娘が廓に身を沈める決意をしたことで、自分が犯した間違いのけじめをつけたいのかもしれない。

「そんな……。三橋さま、お手をお上げになってください」

善右衛門に言われても、三橋は顔を上げられないでいる。じりじりとした時が流れる。

「三橋さま、これをお受け取りください」

善右衛門は袱紗に包んだ十両を差し出した。三橋が顔を上げると、袱紗を広げる。小判が十枚現れた。春光を弾く黄金色の輝きに、三橋の目が眩《まぶ》しげに細められた。

「いけませぬ」

三橋は首を横に振った。

「どうぞ、お受け取りください」

「盗みを働いた拙者にこんなことを申す資格はござらんが、施しを受けられるものではござらん」

「差し上げるのではございません。稽古料です」

「稽古料……」

「三橋さまから、碁の手ほどきを受けるための稽古料でございます」

善右衛門はにっこりとした。三橋は戸惑いながらも、

「いや、十両とはいかにも高額」

「ならば、こちらにおわす、蔵間さまもご一緒ということではいかがでございましょう。蔵間さまもわたしも碁好きですが、下手の横好きというやつでして」

善右衛門は源之助を見た。

三

三橋は啞然《あぜん》として言葉が出ない。

「よろしく、お願い致す」

源之助が両手をついた。善右衛門もそれを受けて、

「お願い致します。不出来な弟子ですが」

と、満面の笑みを浮かべた。三橋はしばし言葉を失っていたが、

「かたじけない」

十両を押し戴くようにして受け取った。次いで、何度も礼を述べながら居間から出て行った。三橋が去ってから源之助は善右衛門に向き直った。

「先日はみっともない真似をしてすみませんでした」

源之助の胸からわだかまりは消えていた。善右衛門にもわだかまりがないように見える。

「蔵間さま、まこと、歳を取ると意地っ張りになっていけませぬな」

善右衛門も自嘲気味な笑みを漏らした。

源之助との和解を喜んでくれているようだ。

「早速、一局やりますかな」

善右衛門が部屋の隅に置いてある碁盤と碁石を持って来た。望むところだ。二人はいそいそと碁を打った。しかし、まだ、昼の日中である。一局だけ楽しく打って座を払った。

杵屋から帰る際、玄関で善太郎が待っていた。

「感謝するぞ」

にこやかに語りかけた。

「よかったですよ。これで、一安心です」

善太郎も喜んでいた。

源之助は気持ちよく杵屋をあとにした。

杵屋をあとにしてから、本来の影御用である菊地の死についての探索が一向に進展していない現実が胸に迫ってきた。さてどうするかと思うが、頭を絞っているうちに奉行所まで戻って来た。

長屋門脇にある潜り戸から中に入り、同心詰所の前を通りかかった。すると、緒方が格子の隙間から目を向けてきた。視線が交わったところで緒方が外に出て来た。いかにも困った事態が起きたようだ。

「困ったことが起きました」

緒方は風の清次郎の御白洲における吟味の様子を語った。

「では、清次郎とは特定できず、解き放つということですか」

緒方に責任があるわけはないのだが、ついつい腹立たしさをぶつけてしまった。源太郎の不手際である。父親として、先輩同心として自分も責めを負わねばならない。悪党を野に放つとは。源太郎は一体何をしていたのだ。まんまと欺かれてしまったではないか。

「源太郎の失態ですな」

源之助は頭を下げた。

「源太郎ばかりに責任を押し付けることはできませぬ。我ら、左官の三介の時の失態が尾を引き、そのことを大いに反省したはずが、今回、その失敗ゆえにしくじってしまったようです」

「こうなると、京次の働きですな」

「まさしく。京次が清次郎の懐に飛び込むこと、それが一縷《いちる》の望みです」

緒方は祈るように空を見上げた。

「こちらは、一向に進展しておりません」

源之助は菊地の死について探索が進まないことを嘆いた。

「こうなってくると、ついつい弱気になってしまいますな」

緒方は嘆くこととしきりとなった。ひとしきりぼやいてから真顔になり、

「このままですますわけにはまいりませぬ」

決意を示すように言葉に力を込めた。

いかにもこれで風の清次郎を取り逃がしたとあっては、北町の評判は地に堕《お》ちる。源之助も北町奉行所の一員として何かをせねばと思ったが、果たして何をすればよいか。

源之助は苦悩しながらも例繰方へと向かった。

例繰方の隣室で与力桃井陣十郎と面談をした。菊地の死について探索が進展していないことを詫びた。桃井は苦い顔をしている。それが、風の清次郎の裁きが原因であることは間違いない。奉行所は清次郎の一件一色に染められていた。菊地の一件どころではないが、そういうわけにはいかない。

「その後の菊地の一件なのですが、菊地の仕事ぶりで、何かお気付きのことはござりませぬか」

「そういえば、菊地は何事か悩んでおるようだった」

桃井は自分の気配りが足りなかったのだと己を責めているようだ。菊地が憂鬱な表情を浮かべていたが、桃井は言葉をかけることはなかった。せいぜい、些細《ささい》な間違いを犯し、そのことをくよくよと気にかけているのだろうと思っていた。

「菊地の悩みを気にかけてやるどころか、愚直な菊地ゆえ、きっと、しくじりをしたのだろうと、腹立たしくさえ思っていた。上役として、もっと目をかけてやるべきであった。今更、悔やんでもどうしようもないが」

淡々とした口調であったが、語り終えてから小さく舌打ちしたことが自分を責めていることを表していた。

「御仕置裁許帳を汚してしまって、書き直したことくらいで思い悩むものでしょうか」

やはり、早崎左京亮との間で何かあったのではないか。

「そうじゃのう」

桃井は思案しているのか生返事しかしなかった。

四

源之助は自宅に戻った。

風の清次郎のことが気にかかってしまう。源太郎の家を覗くことにした。玄関に入り、訪いを入れると美津が出て来た。普段、明るい美津がさすがにふさぎ込んでいる。

美津の案内で居間へと入った。

「父上、面目ございません」

源太郎は正座をし直して、ぺこりと頭を下げた。

美津も横で案じている。

「あと、数日もすれば瓦版でまたも北町が失態、と書き立てられます」

源太郎は続けた。

「それを気にしておるのか」

「気にせずにはいられませぬ」

「それはそうであろうが、物は考えようだぞ」

源之助は源太郎と美津の顔を交互に見た。

「なんでございます」

美津が興味深げに問うてくる。

「人の噂も七十五日と申すが、二月《ふたつき》半もの間、北町の評判が悪くなったままでは、お役目にも響く。三介の一件があったあとだけに北町への風当たりは相当に強くなろうな」

「それなればこそ、物は考えようだなどという、ゆとりはございませぬ」

美津はむっとした。

「物は考えようとは、全てを受け入れ物事を前向きに考えろということだ。北町の評判は地に堕ちる。これ以上の悪評はないくらいとなろう。ところがだ。一旦、そこまで堕ちてしまえば、失うものはない。おまけにだ、見事、風の清次郎一味をお縄にしてみろ。評判はひっくり返る。悪ければ悪いほど、悪評はよき評判へと変わるものだぞ」

美津の顔が輝いた。

「まさしく、その通りですよ」

「それはそうでしょうが」

源太郎はまだ元気がない。源太郎にすればそんな楽観視はできないのだろう。その点、美津は気持ちの切り替えが速い。南町きっての暴れん坊と評判を取る兄矢作兵庫助の血筋とあって、生来の楽天的な気質なのだ。

「旦那さま、父上の申される通りですわ」

美津は源太郎を励ます。

「それはそうだが……」

「よいか、失敗は成功の糧《かて》となるのだ」

源之助とても内心では楽観視できないと思っているのだが、今は源太郎を励ますことが先決である。

「そうだ、矢作ならむしろ大張り切りであろうな」

源之助の言葉に美津が手を打ち、

「まことですわ。兄なら大喜びで清次郎捕縛に当たることでしょう。悪評なんぞ、立てられてこその同心だと思っていますから。それが、清次郎をお縄にした途端に今度は英雄視されるのですから、これ以上の役目はないと目の色を変えて突き進むことでしょう」

「美津の申す通りだ。くよくよと悩んでおる閑があったら、清次郎捕縛に力を尽くせ」

源之助も源太郎を励ます。ふと、くよくよと思いつめていたという菊地作次郎のことが脳裏を過《よ》ぎった。

「いかにもその通りですな」

源太郎も納得したようだが、声の調子に張りがない。

「旦那さま、笑顔を見せてください」

美津に言われ、源太郎は引《ひ》き攣《つ》った笑みを浮かべた。

「ともかく、京次だな。京次ならやり遂げる」

源之助が言う。

「わたしもそれを信じています」

源太郎の目に輝きが戻った。ずいぶんと元気になったようだ。すると、

「邪魔するぞ」

玄関で大きな声がした。

「噂をすれば影ですよ」

美津が微笑んだように美津の兄矢作兵庫助であった。

「兄上、勝手に入ってらして」

美津は大きな声を上げた。


「いるか」

矢作は五合徳利を提げて入って来た。源之助に気付き、

「これは、舅殿《しゅうと》もおられたか」

と、上機嫌である。既にいい気分に酔っているようだ。

「兄上、酔っておいでですか」

美津が顔をしかめる。

「これしき、酔ったことにはならんよ」

矢作は五合徳利を示し、酒と肴《さかな》を支度しろと美津に命じた。美津は顔をしかめながらもそれに従った。矢作は美津がいなくなってから源之助と源太郎に向き直った。

「聞いたぞ。風の清次郎の一件」

矢作は声の調子を落とした。源太郎はひどくさばさばとした様子で、

「あれは、わたしの失態です」

と、捨吉の証言の経緯を語った。清次郎と捨吉が示し合わせていたことに気付かなかった自分の落ち度を曝《さら》け出した。矢作はじっと耳を傾けていたが、

「やられたな」

さすがに渋い顔となった。

「ですが、手は打ってあります」

源太郎は義兄の手前か、先ほどまでの自信のなさとは打って変わって自信ありげに答えた。

「そうだ。諦めるな」

矢作は源太郎の肩をぽんぽんと叩いた。

「兄上、励ましに来てくださったのですか」

「それもある」

矢作はここで言葉を止めた。それからおもむろに源之助を見る。源之助が身構えたところで、

「舅殿、北町の例繰方の同心で菊地作次郎殿をご存じか」

それはまさしく源之助の胸に大きく響くものだった。

「無論、存じておる」

「先日、亡くなられたな」

「菊地さんがどうかしたのか」

「それがな、このところ、菊地殿から相談を受けておったのだ」

「なんだと」

源之助の目が大きくしばたたかれた。

「舅殿、こんなことを申してはなんだが、北町で先頃起きた左官の三介の一件の失態、あれには裏がありそうだぞ」

源之助の目が厳しくなり、源太郎の目も大きく見開かれた。

「菊地さんが何か申しておったのか」

「あれは、吟味方与力早崎左京亮さまが犯した間違いによると菊地さんは申しておった。早崎さまの間違いを自分は隠蔽《いんぺい》したが、どうしても納得できない。ついては、南町で調べ直して欲しいと」

矢作の言うことはいかにも不穏なものだった。

「どうして、おまえが菊地さんと接触したのだ」

「湯屋さ」

矢作は八丁堀の湯屋で菊地と知り合ったという。何度か顔を合わせるうちに、言葉を交わすようになったそうだ。それで、

「菊地さんもいける口でな」

菊地は同僚や上役たちから愚直と蔑まれていて、北町では共に酒を酌《く》み交《か》わす仲間がいなかったことから、矢作と酒を飲むことが楽しみになったのだという。

「そのうち、お互いの愚痴《ぐち》を言い合うようになった」

矢作と菊地は親しくなり、そのうち、菊地は自分ではいかんともしがたい事にぶち当たったのだと話したそうだ。

「左官の三介の一件、吟味をしたのは早崎さまだった。三介は拷問にかけられ、自分が三介だと認めた。口書に爪印も捺《お》したのだ。それを元に早崎さまは、捕えた男を三介と断じて吟味を加えたのだ。間違いを犯したのは早崎さまであり、捕縛し無謀な取り調べを行った同心たちでもあった。いわば、北町自体が間違っていたのだ。早崎さまだけが間違いを犯したわけではあるまい」

源之助が問いかけると、

「菊地さんが言うには、あくまで早崎さまの間違いだったとか。後日、早崎さまは自

分の間違いがわかり、菊地さんに隠蔽させたのだそうだ」

「どんな間違いだったのだ」

「そこまではわからん。それを言えば、自分もただではすまないと言っていたな。ただ、いつまでも隠し通す自信もないと悩んでもいた」

菊地が思いつめていたのは、そのことだったのだ。

するると、菊地の死は事故ではない。

殺されたのだ。

殺したのはもちろん吟味方与力早崎左京亮……。

完璧無比、辣腕の吟味方与力が間違いを犯した。そのことを知るのは愚直と評判の例繰方同心菊地作次郎、ぼんやりとだが絵図が浮かんできた。

「そういえば、菊地さん。唯一の楽しみが貸本を読むことだったそうだ。芝三島町の貸本屋天童屋が出入りしていたのだが、先頃、江戸所払いとなってしまった。なんでも、病に臥せっていた父親を殺したとかでな」

思い出した。

早崎が吟味に当たった一件である。早崎は父親を殺した杢太郎の吟味を行う上で、菊地から五年前の御仕置裁許帳を借りたのだ。五年前に起きた神田白壁町の小間物問屋での孫による祖母殺しの吟味を早崎は参考にした。菊地が事実を曲げて書き記した一件である。

何故、菊地は事実と違う事を書き記したのか。

薄らわかったような気がした。

「菊地さんは、天童屋の主、李太郎とは親しかったのだろうな」

「どうした、舅殿。そんな怖い顔をして……」

戸惑う矢作に、

「親しかったのか」

問いを重ねた。

「親しかったのじゃないかな。何しろ、李太郎は他のお得意に優先して、流行《はや》り物の草双紙を届けてくれたり、菊地さんの好みの書物を持って来てくれたそうだから。菊地さん、楽しみでならなかったそうだぞ」

矢作は言った。

そうか、菊地は李太郎の処罰に手心を加えてくれるよう早崎に頼んだのではないか。そして、早崎が李太郎の処罰を軽くできるよう、五年前の君津屋における孫の祖母殺しを書き換えた。

完璧無比の吟味を誇る早崎が一介の例繰方同心の要求を受け入れた。いや、受け入れざるを得なかった。早崎の間違い、熊蔵を三介と誤まった吟味、そして隠蔽を謀《はか》ったことを菊地に知られ、脅されたからではないか。

「すまんが、三介と間違って死罪に処せられた左官の熊蔵と夫婦約束をした女を探してはくれぬか」

源之助は矢作に頼んだ。

「他ならぬ舅殿の頼みだ。断れないな。いいぞ、任せろ」

矢作は快く引き受けると大声で美津を呼ばわり、酒と肴の支度を急がせた。

第七章　完璧の綻《ほころ》び

一

小伝馬町の牢屋敷では、清次郎が解き放たれることになった。驚きの目を向けてくる囚人たちにこれ見よがしに、

「濡れ衣で世話になったもんだ。まあ、みんな達者でな」

と、余裕の笑みで牢から出された。囚人たちが騒ぎ始めた。鍵役同心上村弥平次が牢屋同心を叱咤《しった》し必死になって静める。みな、どうして清次郎が解き放たれるのだと批難の声を上げた。しかし、奉行所の決定であるからにはどうしようもなく、囚人たちは指を咥《くわ》えて清次郎が牢を出て行くのを見送ることしかできなかった。

その騒ぎが静まらない中、京次が牢から出されることになった。

「五十叩きかい。簪盗んだちんけな盗人が五十叩きで、江戸を騒がせた大盗人が解き放たれるとは、北の御奉行さまは一体、何をやってなさるんだか」

　四人たちは京次へ嘲笑を放つことで清次郎への憂さを晴らした。

　京次は牢屋を出ると、所持品を返され、表門へと向かった。後ろ手に縄で縛られ、牢屋下男に縄を引かれて歩いて行く。十六年前のことが思い出される。あの時の痛みを身体が覚えているのか、ぶるぶると震え始めた。それを静めようとするのだが、言うことを聞いてくれない。

　春風は温もりを感じられるのだが、襟首《えりくび》から入ってくる風はばかに薄ら寒かった。門を出され、石畳に敷かれた筵に正座をさせられた。牢屋下男が着物を諸肌《もろはだ》脱ぎにした。

　門の下に牢屋奉行石出帯刀と、北町奉行所から立ち合いにやって来た見廻与力と検使与力が立っている。箒尻《ほうきじり》（笞《むち》）を手にした打役同心が傍らにやって来た。嫌でも緊張が走り、鳥肌が立った。

　前には大勢の野次馬が群れている。その中に清次郎の顔もあった。京次は清次郎に目配せをすると、

「どうぞ」

強がるようにして大きな声を放った。

打役同心が箒尻で背中を打った。背中から脳天に衝撃が突き抜ける。

「一つ！」

数役《かぞえやく》同心の大きな声が天に吸い込まれた。京次は正面を見据え、奥歯を嚙み締めて耐えた。二発目がくる。目から火花が散った。続いて、三発、四発、五発を食らったところで前のめりに倒れた。

「まだまだ」

打役同心から叱責の声が飛んだ。ふんばって、上体を起こす。情け容赦なく打たれる。十打たれたところで、汗が噴き出してきた。野次馬たちも、おっかなびっくりになった。固唾《かたず》を吞み、京次が叩かれるたびにまるで自分が打たれたように顔を歪める者が続出した。それでも、恐い物見たさというものだろう。帰ろうとする者はいない。

人の災難を見世物のように見ているとは腹立たしい。やってもいない盗みでこんな苦しみを受けなければならないとは、いくら承知で引き受けた役目とはいえ、辛くて仕方がない。野次馬たちへの怒りを奮起の材料として歯を食い縛り、叩かれ続けた。

どうにか、四十まできた。

目がかすみ、投げやりな気持ちになった。どうでもいい、と捨《す》て鉢《ばち》になってしまう。

それでも、負けん気がもたげてきて、なんとか、四十八まできた。

あと二つ。

心の中で念じる。

「四十九！」

数役同心の声が頭に響く。

——よおし——

最後だと、全身に力を入れた。

「五十！」

という数役同心の声を聞き、見物人たちの歓声を耳にしたと思ったら、ばったりと前に倒れた。次いで、背中に冷たいものを感じる。水をかけられたのだ。

「行ってよし」

検使与力に言われ、着物に袖を通したものの、痛みで立ち上がれない。それでも、こんな所にいることはできない。根性を振り絞り、身を起こした。大きくよろめいてしまったが、なんとか歩きだすことができた。

京次は小伝馬町の雑踏の中に身を入れた。ふらつきながらも、清次郎の姿を探す。

すると、

「ご苦労だったな」

背後から清次郎が声をかけてきた。振り向いたところで痛みが走る。思わず顔をしかめると、

「ひとまず、どこかで一杯やるか。精のつくもんでも食いながらな。お互い、娑婆の空気を味わおうじゃねえか」

清次郎に誘われ、路地に足を踏み入れた。


お峰は小伝馬町の牢屋敷前を通りかかった。罪人の五十叩きが行われているらしい。野次馬根性が湧き上がったが、人が叩かれるのを見て気持ちがいいものではない。それでも、好奇心には勝てず、足を向けてしまった。

「五十!」

五十叩きが終わったところである。

どんな罪人なのだろうと思って目を凝らした。

「あっ」

そんな馬鹿な……。

京次ではないか。

どうして、あの人が……。湯治に行くって言っていたのは嘘だったのか。

「何をしでかしたんですかね」

見物人に問うと、簪を盗んだのだという答えが返ってきた。

「簪……」

盗まねばならないような高価な簪なのだろうか。そもそも、盗むとは何事だ。十手を預かっている身にはあるまじき行いだ。わたしだって、盗んだ簪なんか欲しくはない。

「いや……」

その簪、自分のために盗んだのではないのだとしたら。

「まさか」

まさか、浮気をしているのか。女に入れ込んで簪を盗んだ。お峰の胸がざわついた。許せない。

追い出してやる。二度と家の敷居を跨がせるものか。

お峰は目を吊り上げて足早に自宅へと戻って行った。

京次は清次郎と共に目についた鰻屋《うなぎや》へと入った。背中がひりひりするが、蒲焼《かばやき》の香ばしい匂いを嗅ぐと、幾分か元気になったような気がする。清次郎はしきりと周囲を気にしている。

「どうしたんですよ、親分」

「町方の野郎が付け回していねえかと思ってな」

清次郎は今のところ、大丈夫なようだと一人ごちた。京次が鰻の蒲焼と漬物、それに酒を頼んだ。

「簪一本で五十叩きとは割が合わねえな」

「親分なんか、何千両と盗んでもこうやって娑婆に戻れたんだから、つくづく大したもんだな」

京次は感心して見せた。

「そこが、このおれの悪運の強さってやつだ」

清次郎が言ったところで、漬物と酒が運ばれて来た。京次が清次郎に酌をし、手酌で猪口を満たすとぐびっと飲み干した。二人とも、五臓六腑に沁みると破顔する。

「やっぱり、娑婆はいいですね」

「あたぼうよ」

しばらくは、黙々と飲み喰いをし、蒲焼が出てきたところで、

「で親分、今度はどこに押し込むんだい」

「気が早いじゃねえか。いいか、おれは牢屋敷を出たばっかりだ。いくらなんでも、今日、明日に動いちゃあ、まずいってもんだぜ」

清次郎はにんまりと笑った。

「そらそうだ。なら、おれはどうすりゃいい」

「そうさなあ、明後日、ここで昼八つ（午後二時）に待ち合わせようじゃねえか。捨吉に盗み入る商家の見当をつけさせているからな」

清次郎は言うと、黙々と蒲焼を食べ始めた。最早、聞く耳を持たなかった。食事を終えると、銭を置き、さっさと店から出て行った。あわててあとを追う。人混みの中に清次郎の背中を見つけた。いくら明後日に会えるといっても、ここは、尾行し、清次郎の隠れ家を見つけたい。うまくいけば、捨吉共々隠し金の在り処《ありか》を知ることができるかもしれない。

背中の痛みは少しも和らいでおらず、それどころか熱も出てきた。しかし、大手柄を立てたいという岡っ引の本能と、牢屋敷に潜入までしたんだとの思いが執念となって、京次を突き動かす。清次郎はぶらぶらと神田方面へと道を歩く。行く当てがあるのか、迷っている様子はない。京次は次第に気分が悪くなってきた。やはり、無理がたたったのだろう。しかしここは正念場だと己を叱咤する。

清次郎は三河町の表通りからさっと路地に入って行った。

よし。

小走りになって京次は追いかけようとした。すると、右腕を摑まれた。予想外のことに、驚きと背中の痛みで息が詰まった。

清次郎の唯一の子分、捨吉に見つかったと振り返る。

「あんた、何してたのさ」

鬼のような形相のお峰が立っていた。

「お峰、どうしてここに」

泡を食ってしまって口をもごもごとさせてしまう。

「それはこっちの台詞《せりふ》だよ。小伝馬町の牢屋敷にぶちこまれて、それが簪を盗んだからだって、湯治に行くなんて嘘なんかついちゃってさ」

お峰は憤怒の形相で捲し立てた。京次は気圧《けお》されながらも、

「お役目なんだよ」

「簪盗むお役目なんて聞いたことなんかないよ」

お峰の怒りは収まりそうもない。それどころか、増幅されていく。頭ががんがんし

てきた。往来を行く者も立ち止まって、こちらを見ている。

「うるせえんだ」

今更、清次郎を追うことはできなかった。

二

源之助は三橋丈一郎の屋敷に待機していた。居間の隣室に襖《ふすま》を閉じて座っている。女衒の正太がやって来るという昼八つとなった。時刻通り、正太がやって来て居間に入った。僅かに襖を開き、隙間から様子を窺う。

正太は物色するように下卑《げび》た目で比奈を見ると、四十両ですと言った。当節は武家の妻女でも廓に身を沈める者が少なくはないと言い添える。それは、廓に身を沈めようとする比奈と身売りさせなければならない三橋への気遣いというよりは、買い取る金を値切るための口実のようだ。

人の足元を見るのがこうした連中の商売とはいえ、源之助は怒りで身が焦がされた。

「せっかく、足を運んでもらったのだがな、金は無用となった」

「無用……」

正太は言葉を詰まらせた。それからいかにも蔑みの目で、

「失礼ですが、三橋さま。十両の借財はどうなさるんですか」

「それは心配無用だ」

三橋は堂々と胸を張った。源之助は心の中で快哉《かいさい》を叫んだ。

「と、おっしゃいますと」

正太は首を傾げた。

「むろん、借財を支払うことができるのだ」

「本当でございますか」

正太の上目使いで見上げる目は疑念で彩られている。

「無礼者!」

比奈が鋭い声を浴びせた。正太が仰《の》け反《ぞ》る。何か言い出そうとしたが舌がもつれて言葉が出てこない。

「無用だと申しておるのです。さっさと帰りなさい」

比奈は眦《まなじり》を決して正太を睨み据えた。正太は言葉を発せず、ほうほうの体《てい》で去って行った。

源之助は襖を開き居間に入った。

「正太とか申す女衒、ぼろを出しましたな。あいつは、隠居の権太郎と繋がっておりますぞ。三橋殿の借財が十両だと知っておったことが何よりの証」

「確かに」

三橋が納得してうなずき返したところで、

「懲らしめてやります」

源之助は言うや居間を出た。


正太は案の定、本石町の碁会所へと入って行った。

格子戸を開けた。碁盤を前にした権太郎の横に正太がいた。二人はひそひそ話をしていたが源之助に気付いた。

「仲がよいようだな」

源之助はつかつかと歩み寄ると、二人の襟首を摑んだ。目を白黒させた二人を、

「出ろ！」

と往来に引きずり出した。

「な、何をなさるんで」

権太郎は尻餅《しりもち》をついてわなわなと震えた。

「賭け碁で、金を巻き上げ、更にはこれと見た娘に身を売らせる、この女衒と組んでやっておったのだな」

「お、お許しを」

権太郎は両手を合わせ拝み倒すようにして頼み込んだ。正太が逃げようとした。源之助は腰を落とし、大刀の柄《つか》に右手をかけた。

抜く手も見せず抜刀し、横に一閃《いっせん》させた。

髷《まげ》が往来に転がる。

ざんばらとなった正太が悲鳴を上げた。

「阿漕《あこぎ》なことをするなよ。確かにな、おまえたちのような商売も時には必要だ。必要とせねばならぬ者たちもいることも事実。だがな、おまえたちに世話になることを喜ぶ者などはおらん。ましてや、詐欺《さぎ》まがいのことをやって、女衒の世話になるように持っていこうなど、目を瞑《つむ》ることはできぬ」

源之助は眦を決して、正太を睨み据えた。正太はわなわなと身を震わせ、

「二度と、致しません」

源之助を拝み倒した。

「行け！」

源之助が怒鳴ると正太は泡を食って逃げ去った。それからおもむろに権太郎に向く。

「十両だ」

源之助は三橋から預かった小判十両を権太郎に差し出した。権太郎はおろおろとして受け取ろうとしない。

「受け取れ」

「いえ、これは受け取れません」

権太郎は右手をひらひらとさせた。

「受け取るのだ。三橋殿はなにも、わたしを遣って踏み倒そうなどとはお考えにはなっておられぬ。借財は借財だ。受け取れ」

源之助は強く言った。権太郎はそれでは、と両手を差し出した。

「借用書だ」

「は、はい」

おずおずと懐中から借用書を取り出し、源之助に返した。源之助はそれを広げて目を通した。間違いないことを確認し、

「受け取りを書け」

権太郎は懐紙《かいし》と矢立《やたて》を取り出してすらすらと書き記した。

「おまえ、ずっと、賭け碁で暮らしておるのか」

源之助の問いかけに、

「いえ、そういうわけではございませんが」

受け取りを書き終えて語るところによると、権太郎は昨年の春に隠居して、閑をもてあまし、好きな碁を打つために碁会所に通うようになった。そこで、遊び程度に賭け碁をやっているうちに女衒の正太と知り合った。

「それで、正太からこんなことをやってみてはどうですかと持ちかけられましてね」

権太郎はがっくりとうなだれた。正太は権太郎と打った相手の家を調べ、廓で金になりそうな娘がいることを見つけると、その相手と賭け碁をするよう勧めたのだという。

「碁をそのようなことに使うとは情けない」

源之助が呆れたように言うと、権太郎はもう二度としませんと米搗《つ》き飛蝗《ばった》のように何度も頭を下げた。気が付けば、道行く者たちが、遠巻きになって源之助と権太郎のやり取りを見ている。みなの視線に憚《はばか》ることなく、権太郎は詫び続けた。

そこへ、三橋丈一郎がやって来た。

「話はすみました」

源之助が言うと、

「三橋さま、申し訳ございません」

権太郎は、今度は三橋に向かって両手をついた。

「いや、まだ、話はすんではおりませぬ」

三橋は穏やかに告げた。

源之助は首を捻り、権太郎は恐怖に身をすくませた。何度も詫び言葉を繰り返したが、

「まだ、すまぬ」

三橋からは厳しい声を浴びせられた。権太郎はお助けをと源之助にすがるような目を向けてくる。三橋は権太郎の前に立ち、

「一局、勝負じゃ」

権太郎は目をぱちくりとさせた。

「わしは白でよい」

三橋は続けた。どうやら、碁で決着をつけようとしているようだ。

白石、すなわち白番は不利だ。先番である黒石に対し五目の差があると言われている。権太郎の腕前を知っているとすれば、自ら白番を申し出ることは三橋の自信ゆえ

なのか。

いや、そうではあるまい。

意地だ。

奸計《かんけい》によって娘を賭け碁に誘い込み、廓に売り飛ばそうとした男を、碁打ちとして完膚《かんぷ》なきまでにやっつけたいという執念であろう。その三橋の気持ちは権太郎にも伝わったようだ。

「わかりました。卑屈に歪んだ顔を引き締めて、正々堂々、戦いましょう」

三橋の挑戦を受けた権太郎は、賭け碁を行った卑劣さとは遠い碁打ちの顔になっていた。


碁会所で三橋と権太郎が対局を始めた。脇で源之助が見守った。二人の目は恐いくらいに研《と》ぎ澄まされている。盤面は一進一退の攻防を繰り広げた。碁打ちの意地と誇りが盤面でぶつかり合っている。源之助も時の経つのも忘れ、二人の攻防に見入ってしまった。

「ううん」

思わずため息が漏れるほどの好勝負である。

二時《ふたとき》（四時間）ほどの対局の末、

「負けです」

権太郎が投了を宣言した。三橋の二目勝ちであった。

「お見事でございます」

権太郎は深々と頭を下げた。

「楽しいものであった」

三橋も満足げである。

「手前も、こんなにも楽しく碁を打ったのは久しぶりでございます」

権太郎はつくづく自分の碁の打ち筋が歪んだものになっていたと反省した。三橋との対局を通じて純粋に碁を打つことができたのだと言い、

「これで、思い残すことはございません」

と、付け加えた。源之助が見返すと、

「碁はやめます」

権太郎はきっぱりと繰り返した。

「やめることはなかろう」

三橋が言うと、

「手前は碁を悪《あ》しきことに使ってしまいました。その責めは負わねばなりません。碁を打つ資格のない者でございます」

権太郎は女衒の正太共々、奉行所に出頭するという。自分たちがやったことを正直に話し、裁きを受けるつもりだと決めたという。どうやら本気らしい。

「それほど申すのなら、止めはせぬ」

源之助は言った。

「三橋さま、本当に申し訳ございませんでした。わたしの邪《よこしま》な碁で不幸な目に遭わせた娘さんたちに報いるために、蓄えを吐き出し、罪を償うつもりでございます」

三橋は無言でうなずくと源之助に向いて、

「蔵間殿、お手数をおかけした」

「なんの、目の保養になりました」

源之助は三橋と碁会所をあとにした。外に出ると夕暮れとなっていた。夕風が、勝負の緊張で火照《ほて》っていた三橋の頬を撫でていった。

「これで、わたしもすっきりしました」

三橋はようやくのことで笑顔を見せた。源之助は三橋による、碁の指南が楽しみとなった。

「いや、久しぶりの碁で疲れ申した」

「わたしゃ杵屋殿との碁は物足りないでしょうが、よろしくお願い致します」

「碁は楽しむものです」

三橋は笑顔を弾けさせた。

三

その頃、京次は自宅でお峰と言い争っていた。

「だから、お役目だって言っただろう。しつこいな」

京次は背中を庇いながら言い募る。

「だから、どんなお役目なんだい」

「それは言えないさ。言えるわけないだろう」

「それご覧よ」

お峰は勝ち誇る。

「わからねえ女だな。連れ添ってきた亭主のことが信用できねえのかよ」

「ああ、信用できないね」

「なら、いいよ。おら、出て行くぜ」

京次は勢いよく立ち上がった。


源之助は京次のことが心配になり、お峰の稽古所へとやって来た。すると、心地よい三味線の音色とは程遠い、すさまじい怒鳴り合いが耳に入ってきた。

夫婦喧嘩の真っ最中である。悪いところに来合わせたものだ。お峰のことだ、京次が湯治ではなく浮気でもしたと疑ってそれが元で言い争いが生じたのではないか。

「出直すか」

踵《きびす》を返そうとしたところで格子戸が開いた。

「京次」

「蔵間さま」

二人は同時にお互いを呼び合った。

「派手にやらかしておるな」

源之助は笑いかけたが、京次は渋い顔である。それから、喧嘩に至った経緯を話した。

「間《ま》が悪かったな」

源之助は京次を連れて家に入った。お峰が、

「出てけって行ったでしょう」

怒鳴り声を発したところで源之助と目が合った。

「蔵間さま……」

お峰は頬を赤らめながらぺこりと頭を下げたものの、京次を見ると顔をしかめる。

「この人ったら、蔵間さまに助けを求めたんですか。男らしくないったらありゃしない」

「この女《あま》」

京次もいきり立つ。源之助は間に入って、これは役目なのだと言い、

「京次を信じてやってくれ。わたしからもこの通りだ」

源之助が頭を下げるとさすがにお峰も文句をつけることができず、

「まあ、上がってくださいな」

京次も一緒に座敷に上げた。京次は苦虫を嚙み潰したような顔で畳に座る。源之助はお峰の気持ちが静まったところで、

「お峰に内緒にしておったのはすまん。何せ、とても難しい役目だったのだ。どんな役目かは、申すわけにはいかぬのだがな」

お峰は半信半疑ながら、

「お役目で簪を盗んだんですか」

「だから、盗んでねえって言ってるだろう」

京次が反論するのを源之助は制して、

「それはな、作り話だ。京次を小伝馬町の牢屋敷に送り込むためにな」

「送り込む……」

お峰はよく理解できないようだが、京次が簪を盗んだのではないことは理解したようだ。

「何度も申すように詳しくは話せぬ。だがな、小伝馬町の牢屋敷といえば、地獄と呼ばれておる通り、非常に過酷な所だ。そこへ、敢《あ》えて役目だからといっても、身を投ずるなど、よほど腹の据わった者でないとできるものではない。そんな困難な役目をおまえの亭主は引き受けてくれた。おまけに、やってもいない罪で五十叩も受けてきたのだ」

源之助は淡々と語った。強張《こわば》っていたお峰の顔が解《ほぐ》れてゆく。

「おまいさん」

呼びかけも目立って優しげになった。京次は恥ずかしいのかそっぽを向いている。

「おまいさん、そんな大変な役目をやって来たんだね。それをあたしったら」

嫉妬《しっと》深いとは、情けに深い女でもある。お峰の目から涙が溢れた。

「めそめそするねい」

京次は顔をしかめる。

「すまない、本当にすまない。あたしったら、本当に馬鹿だったよ」

お峰の泣き声が大きくなってゆく。

「うるせえぞ」

京次が怒鳴ると、

「すまないね」

お峰は涙を啜り上げた。源之助はそれを見て安心し腰を上げた。

「せいぜい、大事にしてやってくれ」

そう言い残して玄関を出た。すぐに京次が追いかけて来た。

「すみません、みっともないところをお見せしてしまって」

「なに、こちらが無理を言った役目だ。お峰、よほどおまえに惚《ほ》れているんだな」

「焼き餅焼きなだけですよ」

京次は牢屋敷から出てから清次郎と接触し、明後日、小伝馬町の鰻屋で会う手はずになったことを話した。

「でかした」

源之助は思わず、京次の肩を叩いた。京次は苦痛で顔を歪ませた。


源之助は奉行所に戻ると、居眠り番で緒方と新之助、源太郎と協議をした。

「明後日、小伝馬町の鰻屋でございますか」

源太郎が呟くように言うと思案をするように腕を組んだ。

「そこに捨吉も姿を現したらいいのですが」

新之助が言うと、

「そうだな。だが、隠し金の在り処も突き止めたいところだ。どうしても、ぐうの音も出ないような証が欲しい。隠し金を押さえれば、最早言い逃れはできぬのだがな」

緒方が応じた。

「なんとしてもやります」

源太郎も言葉に力を込めた。

「今度こそ、しくじりは許されない。当日はくれぐれも慎重にな」

緒方は源太郎と新之助に釘を刺した。二人は神妙にうなずく。

よし、風の清次郎の一件は一応の目処《めど》がついた。問題は菊地殺しだ。矢作兵庫助がもたらした情報、すなわち、左官の三介の盗みの一件における早崎の吟味である。

源太郎の目が淀んでいる。きっと、源太郎もそのことを思っているのだろう。

疑うは吟味方与力早崎左京亮である。早崎は捕縛した男が、まことの三介ではないと気付きながら、それを見過ごしにした。もし、そのことが発覚すれば、早崎は吟味方与力を続けることはできない。それどころか、切腹になるかもしれない。

早崎という男、信用が置けない。自分の保身を第一と考える男だ。自分の誤まりに気付いた菊地作次郎を殺したかもしれない。そんな男にどう対処するか。

「ならば、このこと、早崎さまに報告してまいるか」

事情を知らない緒方が腰を上げようとした。なんとしても阻止せねば。

「いや、これは、まず、現場のみで行うべきではござらんか」

まさか、源之助が反対するとは思ってもいなかったのだろう。緒方は口をぽかんと開けて浮かした腰を落ち着けた。新之助が、

「しかし、早崎さまは今回の一件、かなり慎重に吟味に当たられております。我らの独断を嫌われるのではございませぬか」

新之助は源太郎を見た。源太郎は、

「昨日の御白洲での失態がございます。ですから、まずは、現場できちんとした証を摑むことが肝要だと存じます。それには、できるだけ、隠密裏に探索を行うのがよろしいかと」

「それも一理あるな」

緒方は思案するように天井を見上げた。新之助が、

「しかし、何も告げずに我らだけで探索を行うとは、早崎さま、自分を信用しておらんのかと臍《へそ》を曲げられるかもしれんぞ」

と、半ば冗談めかして言ったが、早崎は吟味に完璧を期することから、全てを把握《はあく》しないと気がすまない男だ。極秘裏に清次郎と捨吉の捕縛を行うことが早崎の耳に入った場合のことを新之助が気にかけるのは無理もない。緒方も同じ思いに違いない。

しばし、沈黙が続いた。

沈黙を破って源之助が口を開いた。

「まずは、我らで清次郎探索を行ってみましょう」

緒方もうなずいたが、それはいかにも不安げであった。

「すみませぬ、余計な口出しをしてしまいました」

源之助は頭を下げた。緒方はそれを受け入れ黙っていた。

「源太郎、責任重大だぞ。わかっておるとは思うが、今度はしくじりは許されないと心得よ」

新之助の言葉に源太郎が首肯し、

「京次もあんなにも苦労をしてくれたのです。これで、しくじっては八丁堀同心失格でございます」

「その通りだ」

新之助も応じたところで、緒方は不安げな表情のまま居眠り番を出て行った。新之助が、

「京次、身体、大丈夫ですかね」

「大丈夫でなくても、あいつのことだ。這ってでも、明後日の待ち合わせには行くだろう」

源之助の言葉に新之助も源太郎も同調した。

清次郎の一件は新之助と源太郎に任せるとして自分は菊地の一件だ。なんとしても片をつけねばならない。

四

源之助は三介として死罪に処せられた男、熊蔵と夫婦約束をした女の所在を追うことにした。矢作が調べてくれている。

矢作と待ち合わせている八丁堀の湊稲荷《みなといなり》へと向かう。湊稲荷は八丁堀の鎮守《ちんじゅ》で、境内《けいだい》にある富士講《ふじこう》に基づいた人造富士である富士塚で有名だ。

夕暮れ時、海が近いことから、風には潮の匂いが濃厚に感じられる。矢作は湊稲荷の鳥居で待っていた。

「すまぬな」

「なに、舅殿、おれだって八丁堀同心の血が騒ぐってもんだぜ」

矢作はにんまりとした。次いで、

「この先の船宿に待たせてある」

と、歩きだした。

「よく見つけたもんだな」

「南町の矢作兵庫助さまの腕を見ろっていうことだ」

矢作は上機嫌で船宿の中に入って行った。女将《おかみ》には話が通じてあったとみえ、事情を話さなくとも、すぐに通された。二階の座敷に入って行くと一人の女がいる。女は俯《うつむ》き加減に座っていたが、矢作から源之助を紹介されると、こくりと頭を下げた。

女はお雅《まさ》というそうだ。

「蔵間だ。今更、三介、いや、熊蔵のことを蒸し返すことは辛かろうが」

お雅は目をしばたたいた。矢作から何もかも話せと言われた。矢作からお雅が怯えているということを聞いていただけに、いかつい顔を源之助はできるだけ和らげた。

お雅の目が何度かしばたたかれ、

「熊蔵さんは、三介と会ったことがあるのです」

「何処《どこ》でだ」

「芝神明宮前にある賭場です」

お雅は何度も賭場に行くのはやめてくれと頼んでいたという。熊蔵はこれが最後だと言って出かけたのが昨年の末近くのことだった。そこで、三介と知り合ったのだという。三介に賭場での金を回され、それが縁で親しむようになった。

「そのうち、三介にうまいこと言われて、身代わりにさせられたんです」

お雅は切々と訴えかけた。それは憐れを誘うほどの悲しみに満ちていた。熊蔵は三介に呼ばれ、家に行った。そこで、三介の着物を着せられた。熊蔵はいい気分で酔っぱらっていたため、なんの抵抗もなくそれを受け入れた。そこへ、町方が踏み込んできた。

「熊蔵さんは、右肩に蝶《ちょう》の彫り物をしていたんです」

その蝶の彫り物が決め手となって、熊蔵は三介とみなされたのだった。三介は自分の身に危険が迫っていることを知り、身代わりを立てようと同じ右肩に蝶の彫り物をしている熊蔵を身代わりに立てて、その企《くわだ》てにまんまと北町奉行所が引っかかった。

さすがに、同心たちはもう少し丁寧な調べをすることを考えたが、吟味方与力早崎左京亮は熊蔵を三介に違いなしと決め付けて吟味を行った。

「その結果が、熊蔵の濡れ衣となったということか」

源之助は唇を嚙んだ。

「もう、熊蔵さんは戻って来ません」

お雅は泣きだした。その慟哭《どうこく》は源之助の胸を激しく揺さぶった。矢作が慰めの言葉をかけた。

「熊蔵さんも、博打をやめようとしなかったんですから。もし、博打に手を染めていなければ」

お雅はきつく唇を嚙んだ。

「舅殿、お雅の気持ち、汲んでやってくれ」

「むろんだ」

源之助は返事をすると矢作と外に出た。

「それにしても、早崎さまは自分の吟味間違いに気付いた。菊地さんも気付いたとすると、間違いとはどういうことなのだろうな」

源之助の問いかけに、

「それを探るのが舅殿の役割というものだろう」

「それはそうだ」

「じゃあ、あとは任せるぞ。ここからは、北町の内部に関することになるからな。おれは遠慮しとくぞ」

矢作は暴れん坊と言われる男だが、節度は守る男だ。

源之助は矢作と別れてから奉行所へと向かった。奉行所に着いた時には夜の帳《とばり》が下りていた。宿直《とのい》の同心と与力に挨拶をしてから手燭《てしょく》を持ち、例繰方へと向かった。既に誰もいなかった。

菊地が早崎の間違いに気付いたということは、御仕置裁許帳の中に答えがあるのではないか。菊地が汚して新たに書き直したという五年前の御仕置裁許帳だ。書棚から引き出し、文机の前に座ると行燈《あんどん》を引き寄せた。御仕置裁許帳に目を通す。気になるところはない。しかし、何かがあるはずだ。

源之助は目を凝らした。

きっと何かがある。

何度も読み返すうちに目がかすんできた。この真新しい紙に拘《こだわ》っていてはいけないのではないか。

源之助はそれから一時、何度も何度も御仕置裁許帳を読み直した。

挙句《あげく》、

「これか!」

一筋の光明が差してきた。

五

明くる二十六日の朝、源之助は奉行所に出所すると与力用部屋へと向かった。早崎が忙しげに文机に向かっている。辣腕を誇り、間違いは一切ないという完璧主義の男は今まさしく焦燥感に溢れ返っていた。

「早崎さま」

声をかける。

「なんじゃ」

いかにも忙しげに顔を上げた。文机の上には口書が山と積まれていた。源之助ならば、げんなりとしてしまう量である。

「少し、お話が」

早崎は顔をしかめたが、

「しばし待て」

と、口書を見ながらしばらく筆を進めたあと、きりのいいところを見計らって、

「よかろう」

と、腰を上げた。

隣室で向かい合った。

「まったく、近頃の同心どもは、うまうまと盗人の口車に乗せられよって。蔵間、そなたが、筆頭同心を外されてからたるんでおるのではないか」

早崎は言った。

「そのようなことはないと存じます」

源之助は堂々と反論した。早崎はまだ文句が言い足りないようであったが、

「それはともかくとして、なんじゃ、改まって」

と、聞いてきた。

「熊蔵のことでございます」

「熊蔵……」

早崎の目に警戒の色が滲んだ。

「熊蔵を左官の三介と断じたのは早崎さまでしたな」

早崎の目が泳いだ。

「熊蔵と夫婦約束をしたお雅の訴えを一蹴され、熊蔵が三介に相違ないと断じられた。その根拠は熊蔵の右肩にあった蝶の彫り物……」

源之助が身を乗り出すと、

「いかにもその通り。三介には右肩に蝶の彫り物があったことが目撃されておる」

早崎は明瞭な声音で答えたが、源之助と視線を合わせようとはしない。

「何処で目撃されたのでしたかな」

「さて、そこまでは覚えておらぬ」

「敏腕、完璧無比の吟味をなさる早崎さまならば覚えておられると思っておりましたが」

「買い被りと申すものじゃ。わしは、よく物事を忘れる。何せ、日々吟味せねばならぬ事件や訴訟事が絶えぬのでな」

　早崎は苦笑を漏らした。

「そのために、過去の御仕置裁許帳と首っ引きになられて、吟味を進められるというわけですな。きっと、左官の三介の一件の吟味もそうなさったのでしょう」

「そうしたかもしれぬ」

「そうなさったのですよ。菊地さんから取り寄せて」

　源之助は懐中から五年前の御仕置裁許帳を取り出した。早崎の目が大きく見開かれた。御仕置裁許帳を開き、早崎に示す。

「五年前、左官の三介は浅草並木町にある米問屋に押し入りました。その時は仲間一人と一緒でした。店の奉公人に気付かれ、逃亡しようとしました。ところが、奉公人は元力士。三介と仲間を逃すまいと捕まえにかかりました。三介は諸肌脱ぎとなって奉公人と争いました」

奉公人は三介の右肩に彫り物があるのを目撃した。ほどなくして夜廻りをしていた北町の同心が駆けつけると三介は逃亡し、仲間は激しく抵抗したため、同心に斬られた。元力士の奉公人は奉行所から褒美が出たと御仕置裁許帳には記してある。

「問題はここです」

源之助は奉公人の証言部分を指差した。

「早崎さまは、この奉公人の証言を元に熊蔵を三介と断じなされた。熊蔵の右肩にあった彫り物を何よりの証となさった。蝶の彫り物を証とされたのです。ところで、奉公人の証言はこうなっています。三介は自分を脅すためか、おれは近頃評判の左官の三介だ。命が惜しかったら、立ち去れ」

この脅しと仲間が三介と呼んでいたことで、左官の三介に間違いないと判断された。

「更に見ていきますと、奉公人は三介の右肩には彫り物があったと証言」

源之助は自分の右肩を左の人差し指で指示し、

「彫り物は蛾《が》でした……」

奉公人は蛾の彫り物とは珍しいのでよく覚えていたと言い添えていた。

早崎の額に汗が滲んだ。

「蝶ではなく蛾だったのです。菊地さんは、このことに気付いたのでしょう。すなわち、早崎さまの間違いに気付いた。違いますか」

源之助は早崎の言葉を待った。早崎は荒い息を何度も吐いたあと、

「多忙であった。身体が二つ欲しいほどに多忙であった。時をかけて目を通すことができたなら、蛾と蝶という文字を見間違えるようなことはせなんだだろう。いや、言い訳だな、所詮《しょせん》は言い訳じゃ」

「いかにも、その間違いのために熊蔵は死罪に処せられた。偶々《たまたま》、三介と同じように右肩に彫り物をしたのが身の不運とはいえ、いや、三介がそれに目をつけたのか、今になってみればわかりませんが、事実は熊蔵がやってもいない罪を背負わされて処刑されたことです」

源之助は冷然と言った。

早崎はうなだれた。面を伏せたまま、

「火盗改が本物の三介を退治したという報せがあって間もなく、菊地が五年前の御仕置裁許帳を持ってまいった。わしは、自分の間違いに気付いた。菊地はこのことは黙っておくと恩着せがましく言った」

しかし、後日、芝三島町の貸本屋天童屋杢太郎が父親殺しで捕縛されると、なんとか目こぼしをして欲しいと言ってきた。早崎は吟味はあくまで公正に行うと突っぱね

た。すると、

「菊地は五年前に似たような裁許があったと、御仕置裁許帳を持って来た。わしが吟味になったのは四年前。わしが吟味を行った以前の事件だった」

それは、菊地によって都合よく書き直された神田の小間物問屋君津屋で起きた孫による祖母殺しの裁許事例であった。

「わしは迂闊にもそれに倣《なら》って吟味をした。まんまと菊地に乗せられたわけだ。あの愚直な男にな」

早崎は悔しげに唇を噛んだ。

菊地はそれからも顔を合わせるたびに、思わせぶりな笑みを送ってくるようになった。

「金品をねだったりはしなかった。ただ、にやにやとした顔でわしを見るのだ」

しばらくは何事もなかった。ところが、風の清次郎が捕まり、果たして本物の清次郎であるかが奉行所内で問題になった。それに従って、熊蔵の一件がぶり返され、世間では北町の間違った裁許をあげつらうようになり、

「菊地の奴、怯え出した。正直に間違いを御奉行に申し出るべきだと言いだした。連日に亘《わた》り、奉行所の帰りに菊地を宥めた。酒を飲ませたが、菊地は愚図愚図と煮え切

らぬ態度を取り続けた」

　そんな日が続いて後、夜釣りという名目で両国まで呼び出した。

「菊地は御奉行に訴え出ると言った。わしは、なんとしても止めさせようと思った。言い争いとなり、揉み合っているうちに……」

　堤で争い、気が付いたら菊地は大川に転落したのだった。

「蔵間、わしを訴えるか」

「進退はご自分でお決めください」

　源之助は静かに言った。

「礼を申す。今抱えておる吟味に道筋をつけたなら、わしは全てを明らかにし、潔《いさぎよ》く裁かれる」

　早崎の顔は憑《つ》き物《もの》が落ちたように晴れやかだった。

第八章　決意の舞台

一

翌二十七日、風の清次郎と落ち合う日の朝、

「おまいさん、大丈夫かい」

お峰が気遣ったように京次は寝床で臥せっていた。一昨日の夜、寝てから夜中にうなされ、高熱を発したのだ。二日経って、幾分か熱は下がったものの、それでも、食欲はなく、厠《かわや》を往復するのがやっとという有様だった。朝になってみて、

「大丈夫だよ」

京次は心配顔のお峰の目を跳ね除けるように布団から起き上がった。が、言葉とは裏腹に大きくよろめいた。

「ちっとも大丈夫じゃないじゃないか。無理しなくたって、今日も寝てればいいよ。牧村さまや源太郎さまだって、許してくれるさ。三味線の音がうるさかろうからね、稽古も休みにしたよ」

お峰は気遣いを示したが、

「昼には、人と会わなきゃいけねえんだ」

立ち上がったものの布団にへたり込んだ。

「会うって……。じゃあ、あたしが、待ち合わせ場所に出かけるよ。で、おまいさんの身体のことを話して、来られなくなったことをわかってもらうさ」

「おまえじゃ、駄目なんだよ」

京次はしんどくて不機嫌になった。

「駄目って、おまいさん、まさか……。相手は男じゃないってことかい」

また、お峰の悋気《りんき》が始まったかと思うとうっとうしくてならない。

「馬鹿、男に決まっているだろう。お役目だよ」

「だったら、牧村さまと源太郎さまにお使いに行って来るよ。今日は無理だって」

自分を気遣ってくれていることはわかるのだが、今は鬱陶《うっとう》しくてかなわない。男の仕事に口出しする小うるささしか感じられない。

「余計なことを……」

大きな声を張り上げようとしたところで、力が萎《な》え、ばたんと布団に倒れ込んだ。

目の前が真っ暗になる。


どれほど眠っただろうか。

「いけねえ」

京次はがばっと起きた。お峰があわてて駆け寄る。

「何時《なんどき》だ」

京次の必死な形相に、

「九つ過ぎだよ」

「九つ（正午）か」

ほっとした。約束は八つである。ここから小伝馬町の鰻屋までは四半時《しはんとき》（三十分）もあれば行ける。

「おまいさん、まさか出かけるのかい」

「あたぼうよ」

お峰が引き止めようとしたところで、格子戸が開いた。

源太郎と新之助は、京次の家へと向かった。

「京次、大丈夫でしょうか」

源太郎が言うと、

「なにせ、五十叩きのあとだからな。熱出して寝込んでいるんじゃないか」

新之助も心配そうだ。

「そうだったらどうしますか」

「申し訳ないが、無理してもらうしかないな」

新之助は感情を押し殺したのか早口になった。

「ここは、心を鬼にします」

源太郎は京次の家に行き、新之助は小伝馬町の鰻屋へと向かった。

格子戸を開け、家の中に入る。お峰が出て来た。

「うちの人……。凄い熱なんです」

「熱が出たか」

悪い予感が当たってしまった。

「ですから、今日のお役目はご勘弁願えませんでしょうか」

お峰の悲痛な訴えにも、非情に応じなければならないと己を叱咤する。

「それがな」

切り出そうとしたところで、京次が出て来た。糊《のり》の利いた縞柄の小袖を小粋に着こなしているが、顔色は真っ蒼、目が血走り、月代《さかやき》も髭も伸びたままだ。

「おまいさん」

お峰の声が裏返った。

「源太郎さま、すみませんが、もう少し待ってくだせえ。すぐに支度をしますんでね」

京次は言ってから、お峰に剃刀《かみそり》と湯、手拭の用意を言いつけた。

「おまいさん、無茶はしないでおくれな」

「これ以上、口出しするんじゃねえ。やんなきゃ、牢屋敷に入った苦労が報われないってもんだ。それにな、今度のお役目は、おれの岡っ引としての意地ってもんだぜ」

京次は十手を頭上に掲げた。お峰は黙って席を立った。

「すまん」

源太郎は頭を下げた。

「よしてくださいよ」

京次の目は爛々《らんらん》と輝いた。

京次は、

「本当は湯にでも行きてえところなんですがね、背中の傷じゃ、湯に入ったら飛び上がっちまいますよ」

と、冗談めかして言った。

「ならば、よろしく頼む」

「あっしに任せてくだせえ。源太郎さまと牧村さまは、とにかく気付かれないようにしてください。無理して、つけようとなさらないでくださいよ」

京次はいつになく強い意志を示している。

そうだ。今日は京次が主役だ。かつて役者修行をしていた京次の晴れ舞台なのだ。

「おまえが、主役だ」

「生意気言ってすみません。その代わり、一世一代の芝居をしますんでね」

京次は言った。

「お前の芝居の幕引きはおれがやってみせる」

源太郎が応じると京次はうれしそうに笑った。

京次は鰻屋の二階へとやって来た。いつもなら、蒲焼の香ばしい匂いを嗅いだだけで生唾が湧いてくるのだが、今日はまったく食欲が起きない。精をつけなくてはとは思うが、どうにもならない。身体のしんどさに加えて、これからの役目が、食欲を一層減退させているのかもしれない。

「お連れさま、お越しです」

女中の声がしたと思うと階段を上がる足音がした。足音からして二人だ。襖が開き、清次郎と捨吉が入って来た。

「よお」

清次郎が声をかけてきた。

「親分、待ちくたびれましたぜ」

京次はにこやかに応じた。

「捨吉だ」

清次郎が言うと捨吉はぺこりと頭を下げた。京次も挨拶をする。清次郎は捨吉に、

「こいつはな、なかなか使えるんだ。なにせ、おれのために身体を張れる男だから

な」

　清次郎は牢屋敷内での京次の行いを語った。捨吉が感心するように何度もうなずく。ここで、清次郎の目が尖った。捨吉の頭を張ったのだ。捨吉は驚きの表情を浮かべながら目をぱちくりとさせた。

「このどじ野郎、おれたちが娑婆へ出たら、一働きできる適当なお店《たな》の目星をつけておく手はずだったのが、見つけられなかったんだぜ」

　清次郎は侮蔑《ぶべつ》の眼差しで捨吉を見る。捨吉は首をすくめ、

「あっしが目星をつけてた、芝の履物問屋、火事になっちまって」

　と、未練がましく唇を噛んだ。

「火事を出すような店だから、仕事もしやすかったかもしれねえがな。どっちにしても、どじな話ってことだ」

　清次郎は不満顔のままだ。

「また、探しますよ」

　捨吉は許してくださいと何度も詫びた。

「またって……。口入屋へ行って奉公先を見つけて、それから張り込んでって、段取りだろう。一月《ひとつき》はかかるじゃねえか」

清次郎は顔を歪ませた。

「親分、それまで骨休めをしておくんなさいよ」

捨吉は調子良く言う。

「骨休みもいいが、こっちはな、盗みを働く気でいたんだ。一旦、盗み心に火がついたからにはな、水をかけられたって、消えやしねえんだよ。そのつもりで、こいつを子分にしたんじゃねえか」

清次郎は嘆くことしきりとなった。

「湯治にでも行ってくだせえよ」

「そうはいくかい」

「賭場はどうですか」

「銭ばっかりかかるじゃねえか」

清次郎は吐き捨てた。

「すまねえ、なるべく早くするから」

「けっ、いそぎゃいいってもんじゃねえんだよ」

清次郎は憤懣《ふんまん》やるかたないように顔を歪めた。ここで京次はこの期を逃すものかと猛然とした考えが湧き上がってきた。

「あっしに心当たりがあるんですがね」

　京次は言った。

「当てがあるのかい」

　捨吉はすぐに乗ってきたが、清次郎は値踏みするような目で京次を見た。清次郎の厳しい視線を受け止めながら、

「話してみな」

「捨吉さんが、履物問屋って言ったんで思い出したんですよ。日本橋長谷川町の履物問屋、杵屋です」

「知ってるぜ。立派な店だよ。主は確か町役人《ちょうやくにん》をやってますよ」

　捨吉は手放しで喜んだが、清次郎は淀んだ目で、

「てめえ、どうして杵屋に目をつけたんだ」

　と、視線を京次に据えた。

二

「杵屋の主人とあっしは懇意《こんい》にしてるんですよ」

「そらまた、どうしてだ」

「あっしはこれでも、若い時分には役者をやってましてね。中村座《なかむらざ》で役者修行をしてたんです」

京次は客と喧嘩して役者をやめたことを語り、

「そんとき、杵屋の旦那に世話になったんですよ。杵屋の旦那、贔屓《ひいき》にしてくれていたんです」

と、付け加えた。

「なるほどな、で、今でも付き合いは続いているのかい」

「ええ、月に何遍か、顔を出すんです」

「こそどろが大店の旦那になんの用があるんだ」

清次郎の目が疑わしげに細まる。

「碁です」

咄嗟《とっき》に言い繕《つくろ》った。

「碁ってえと、あの碁か」

清次郎は碁盤に碁石を置く仕草をした。京次がうなずくと、

「てめえ、碁なんてやるのかい」

「贔屓の客ってのは、大店の旦那が多かったもんですからね、碁を覚えたんでよ。それでまあ、杵屋の旦那も碁が大好きときてるんで、碁を打ちに行くと、一も二もなく歓迎してくれるってわけでして」

「そうか、杵屋な」

清次郎は思案するように腕を組んだ。

「親分、こらいいぜ」

捨吉の言葉を受け、

「勝手知ったる杵屋ですよ」

京次は強く勧めた。

「飼い犬が手を嚙むか」

清次郎がおかしそうに笑った。

「いけませんか」

京次が反発気味に返すと、

「大いに結構だ。気に入ったぜ」

清次郎は笑声を大きくした。次いで、捨吉に目配せをした。捨吉は立ち上がり、両手を打ち、

「酒と鰻だ」

と、声をかけ、前祝いだと京次を見た。

「馬鹿野郎、酒は抜きだ。鰻を食ったら行くぞ」

清次郎は言葉を荒らげた。

「行くって、親分、何処へ行くんですか」

「決まってるだろう。杵屋だよ。こいつが、杵屋の旦那とどの程度親しいか確かめてやる」

清次郎は挑戦的な眼差しを向けてきた。

「もちろん、かまわねえですよ」

思いもかけず、筋書が変わったが、それでかえってうまく事が運びそうである。杵屋には迷惑をかけることになるが、善右衛門なら承知してくれるはずだ。風の清次郎と捨吉を杵屋に盗み入らせ、お縄にする。盗みの現場を押さえることができれば、いかなる言い逃れも通用しない。

杵屋が清次郎の死地となるのだ。

「わかったぜ。親分、なら、早いとこ飯をすませて行きますか」

「おめえは来るな」

「そんな……。おれは仲間外れか」

「そうじゃねえ。町方の目を気にしろってことだ。おめえ、飯なんか食ってねえで、さっさと出てけ」

清次郎は捨吉を追い出した。鰻が運ばれて来た。捨吉の分が一つ余っている。それを清次郎が受け取り、二人前をあっという間に平らげた。京次は一つも持て余してしまった。

「さて、行くぜ、いや、ここは、別々がいいな。杵屋ならわかる。まずは、おめえが出て行きな」

「わかったよ、親分」

京次は自分の魂胆《こんたん》を気取られぬよう、表情を消して階段を下り、店を出た。出ると急ぎ足で歩く。清次郎と捨吉の目を気にしながら杵屋へと急いだ。

源太郎と新之助は鰻屋の前にある茶店の二階を借りていた。そこから、鰻屋の玄関を見下ろすことができる。京次がまず入り、続いて捨吉と清次郎が入って行った。

「さて、これからですね」

源太郎は手をこすり合わせた。

「京次の奴、張り切っているな。まさしく、千両役者というものだ」

新之助が言ってから、

「ところで、早崎さま、我らの動きをあとで知ったら、いかがされるだろうな。何せ、完璧を期さねば承知せぬお方であるからな」

と、危ぶんだ。

「早崎さまを納得させるだけの探索を行えばよいのですよ」

「馬鹿に強気ではないか」

「ここが正念場ですからね。二度としくじりは許されません」

源太郎は不退転《ふたいてん》の決意を示すように眦を決した。

「あ、捨吉だ」

新之助が言ったように捨吉一人が出て来た。捨吉はいい、問題は清次郎である。しばらくすると、今度は京次が出て来た。源太郎と新之助は思わず身構えた。

「追いかけるか」

「いや、清次郎が気になります」

源太郎の答えに新之助はうなずく。ほどなくして、清次郎も出て来た。清次郎は京次と間を取ってあとに続いている。

「動きだしましたね」

源太郎は武者震《むしゃぶる》いをした。


京次は杵屋にやって来た。背後を窺うと清次郎の視線を感じる。姿は見えないが、自分の一挙手一投足《いっきょしゅいっとうそく》を注視しているに違いない。自分が岡っ引であることを気付かれてはならない。裏木戸から母屋の玄関まで足早に入る。

「ごめんくださいまし」

つい、慎重さからいつもとは違った余所行《よそい》きの口調になってしまった。すぐに善右衛門が出て来た。

「おや、京次親分じゃないか」

善右衛門は気さくな調子で言った。

「すみません、事情があって、あっしを十手持ち扱いして欲しくないのです」

「何か、わけがあるようだね」

善右衛門は京次の普段とは違う様子に何かを察したようで、まあ上がりなさいと奥の居間へと向かった。廊下の途中で、蔵間さまがおいでになっていると言われた。京次は立ち止まり、

「すみません、ちょっと、蔵間さまを呼んでいただけませんか」

「わかったよ」

善右衛門は深くは聞かず、居間へと向かうと源之助を連れ来てくれた。源之助は京次を見て、役目遂行中であることを察したようで無言である。京次は鰻屋で清次郎、捨吉と会った経緯を語り、杵屋に盗みに入るよう誘導したことをかいつまんで話した。話し終えたところで、

「でかした」

源之助は言った。善右衛門も全面的に協力すると言ってくれた。

「それで、碁を打とうと思うのですが、なにせ、口から出任せで言ったもので、碁はさっぱりで」

「なに、気にするな。遠目には碁盤まではわからん。適当に碁石を置いて、世間話をしていればいい」

源之助が言うと、

「ならば、早速」

善右衛門に促され居間へと入った。源之助は庭からは見えないよう奥に身を隠した。

善右衛門は障子を開け放った。春光が居間一杯に溢れた。

「京次さん、縁側でやろうか。今日はぽかぽかとして気持ちがいいよ」

善右衛門は心持ち大きな声を上げた。

「旦那、それがよろしゅうございます」

京次は碁盤を持って縁側に出た。確かに縁側は温まっていて、素足にやさしい暖かさを運んでくれた。善右衛門が白石、京次が黒石となって碁を打ち始めた。京次が適当に黒石を置くと、善右衛門も白石を打ってゆく。京次は時折、話しかけ、善右衛門は声を上げて笑った。それは傍目《はため》にはいかにも楽しげに碁を打っているように見えることだろう。

半時と経ずに碁を一局、打ち終えると、

「そうですか、今日は夜桜見物をなさるんで。よろしゅうございますね。桜はもう満開ですもの」

京次が語りかけた。

善右衛門は一瞬、声を詰まらせたがすぐに京次の意図を察して、

「そうなんだよ。よかったら、おまえさんも来たらいい」

と、応じた。

「こら、ありがてえや。でも、今日は奉公人のみなさんを慰労して差し上げてくださ

いよ」

京次はにこやかに腰を上げた。

「また、来ておくれな」

善右衛門もよっこらしょと立ち上がる。

京次が踵を返そうとしたところで、

「これ、持っておゆき」

善右衛門は小遣いをくれた。

「ありがとうございます」

京次は言うと廊下を歩いた。源之助が待っていた。

「しっかりな」

源之助に言われ、京次は表情を引き締めると母屋を出て庭を横切った。裏木戸を出て清次郎を探した。しかし、清次郎の姿はない。何処だとしばらく歩いたところで背後から声をかけられた。

「馬鹿に懇意じゃねえか」

京次は満面の笑みで振り返り、

「親分、吉報だ。杵屋は今夜、夜桜見物に出かけるぜ」

「そのようだな」

清次郎は生垣に身を潜めて、京次と善右衛門のやり取りを窺っていたという。

「おめえ、ついてるぜ」

清次郎の目が輝いた。

三

その晩、杵屋は夜桜見物という名目で上野《うえの》の料理屋で待機していた。杵屋はもぬけの殻。ところが、土蔵の中には源太郎と新之助が待機している。

京次が清次郎と捨吉を連れて踏み込んでくれば、それで決着はつく。その時を、固唾を呑んで待っていた。

夜五つ（午後十時）、京次は清次郎と捨吉と共に杵屋へとやって来た。もちろん、店は雨戸が閉じられ、母屋も戸締まりがなされている。

「やっぱり誰もいませんぜ」

捨吉は早くもお宝を得たようなつもりになっている。清次郎が、京次に顎をしゃくった。京次は無言で裏木戸から中に入り、足音を忍ばせて庭を横切る。母屋のそばに行き、雨戸の隙間に手を入れるとそっと雨戸を外した。中は漆黒《しっこく》の闇が広がるばかりだ。

清次郎には土蔵に施してある南京錠《なんきんじょう》の鍵は居間にある文机の手文庫の中だと言ってある。京次は居間に入ると、文机まで行き、手文庫を探るふりをする。清次郎の手前、雪駄を脱ぐわけにはいかない。土足で善右衛門の家を汚すことは申し訳ないが、善右衛門ならわかってくれる。役目を果たそうという使命感からか、熱は下がり、ずいぶんと楽になった。お峰も引き止めようとはしなかった。

清次郎は庭に立ってこちらを見ている。月は出ていないが、澄んだ夜空に星が瞬き、ぼんやりと清次郎の影を刻んでいた。京次は予《あらかじ》め用意をしておいた鍵をいかにも手文庫から取り出したふりをした。それを持ち、庭に戻った。

星明かりを受け、鍵が鈍い光を放った。清次郎はにやっとする。裏木戸から捨吉が顔を覗かせている。今のところ、往来に人影はないようだ。

「今晩はいくら頂くんだい」

京次の問いかけに、

「久しぶりだ。五百両といこうか」

清次郎は上機嫌だ。盗みの成功を確信しているのだろう。取らぬ狸《たぬき》の皮算用《かわざんよう》とは気付いていないようだ。

「分け前はいくらだい」

「最初から欲張るんじゃない。まずは、盗みだ。さっさと頂いてさっさとずらかるんだ」

「さすがは、風の清次郎だぜ」

京次は鍵を土蔵の南京錠に差し込んだ。すぐ後ろに清次郎が立ち、京次の肩越しに覗き込んでくる。がちゃがちゃやっても外れる音がしない。南京錠と鍵は合わないし、南京錠は既に空いているのだ。

「早くしろい！」

清次郎が苛立ちを募らせた。

「手が震えて仕方ねえんだ」

京次は言い訳じみたことを言い、次いで唸り声を上げ錠前が外れる音がしないことを誤魔化した。

「よし、空いたぜ」

と、南京錠を抜き取った。清次郎は黙り込んだ。

「さあ、親分」

清次郎を促すと、

「待てよ」

清次郎はくぐもった声を発したと思うと、淀んだ目で京次を見た。京次の背中の傷が痛み始めた。

「鍵が合ってねえのに、南京錠が空いたっていうのはどういうことだい。外れた音はしなかったぜ。おれはな、これまでに何軒もの錠前を外してきたんだ。錠前が外れる時のかちっていう音がどんだけ心地よく聞こえるか……。それがなかったってのは、おれにはよくわかるんだ。おれの耳は誤魔化せねえぜ」

清次郎は巻き舌になり、疑いの眼《まなこ》となっている。背中に汗が流れ、傷に沁みた。

「どうやら、南京錠、空いていたようなんだ」

苦しい言い訳だとは思いつつもそう返した。

「そんなことあるはずねえだろう。てめえ、企みやがったな」

清次郎は懐に呑んでいた匕首《あいくち》を取り出す。間髪《かんはつ》を容《い》れず、京次目がけて右手を突き出した。刃が京次の脇腹にのめり込んだ。猛烈な痛みに襲われ、声すら上げられず地べたに転がった。

清次郎は踵を返す。

と、次の瞬間には源太郎と新之助が飛び出して来た。

「御用だ、神妙にしろ」

源太郎が十手を突きつける。

「畜生！」

清次郎は脱兎《だっと》のごとく飛び出した。捨吉も異変に気付き、逃げ出す。源太郎と新之助は二人を追いかけようとした。が、源太郎は京次が刺されたことに気付き、京次を抱き起こす。新之助一人で盗人を追いかけた。

裏木戸を飛び出し、捨吉に追いすがるや首筋を十手で打ち据えた。捨吉は前のめりに倒れた。

「京次、しっかりしろ」

源太郎は手巾《しゅきん》で止血をしようと脇腹に当てた。脇腹からどくどくと血が溢れ、瞬く間に手巾どころか源太郎の手を真っ赤に染めてゆく。鉄錆《てつさび》のような濃厚な臭いと手に生ぬるさを感じる。

「あっしより、清次郎を」

京次は腹の底から絞り出すようにして言葉を発した。

「口を利くな。清次郎は牧村さんが捕まえる。ここで、じっとしていろよ」

源太郎は庭を横切ると、近所の医者へと走って行った。

新之助は清次郎の背中を見ながら足を速めた。だが、風の清次郎と二つ名があるだけのことはあり、距離はひらくばかりだ。

清次郎は肩で息をしながら往来を走った。すると、前方に人影がある。

「退《の》け！」

清次郎が匕首を振り回しながら怒鳴った。

だが人影は退くどころか、大きく立ちはだかった。両手を広げ通せんぼをしている。

「野郎！」

清次郎は匕首を腰だめに構えた。

影の実態が現れた。蔵間源之助である。源之助は大上段に構え、清次郎にじりじりと迫った。清次郎は身体ごとぶつかってきた。源之助の刃が振り下ろされる。大刀と匕首がぶつかり、闇に火花が散った。

次いで匕首が路上に転がる。

寸分の躊躇《ためら》いも見せず、清次郎は走り出す。源之助の脇をすり抜け、旋風《つむじかぜ》のようにして走り去って行く。

源之助は雪駄を脱ぎ、清次郎に向かって投げつけた。雪駄は礫《つぶて》のようになって飛び、清次郎の後頭部を直撃した。

清次郎はつんのめるようにして転倒した。源之助は清次郎の横に立った。そこに新之助も追い着いた。

「観念しろ！」

新之助は怒鳴りつけた。

「最早、言い逃れはできんぞ」

源之助も睨み据える。清次郎はあぐらをかいて二人を見上げた。

「やられたぜ。あの京次って野郎、あんたらの密偵か」

「わたしが手札を与えた十手持ちだ」

源之助は誇らしげに言った。

「岡っ引か……。まさかな。おれの目が曇ったのか、奴の根性にまいったぜ。まさか、五十叩きまで受けるとはな」

「京次は北町一の岡っ引だ」

源之助は杵屋へと向かった。

源太郎は寝ていた近所の医師を起こして、杵屋へ戻った。

「京次」

大きな声で呼びかけながら庭に入る。医師も薬箱を持って続いた。京次は呻き声を漏らしていた。


源之助が杵屋の裏木戸に立った。

中で人の気配がする。駆け込むと、京次が倒れていた。源太郎と医師らしき男が京次の治療に当たっている。

「中へ運ぼう」

源之助は源太郎と共に京次を持ち上げると母屋へ向かう。医師は金創《きんそう》の心得もあるということで、傷口を縫い合わせるという。母屋に上がり込み、居間に横たえる。源太郎が行燈《あんどん》の灯明を明るくした。

「清次郎は……」

京次は声を震わせながら訊いてきた。

「新之助が捕縛したぞ。おまえの手柄だ」

源之助の答えに京次は満足げに微笑んだ。

「京次、感謝する」

源太郎は頭を下げた。

源之助は祈るような思いで京次の平癒《へいゆ》を願った。それから源太郎に、

「おまえは、新之助と共に清次郎と捨吉を番屋まで連れて行け」

「わかりました」

源太郎は京次を心配そうに見てから立ち上がると、足音を立てずに居間から出て行った。間もなく、善右衛門がやって来た。

「すみましたか」

源之助は居間に横たわる京次を見た。善右衛門は京次の有様に悲痛に顔を歪ませた。

「今回は、杵屋殿の手助けで大盗人を捕縛することができ、感謝致します」

「わたしどもは店を貸しただけ、あくまで京次親分のお手柄です。いわば、杵屋という舞台での主役を、京次親分は見事に演じなさったのですな」

「まさしくその通り。京次の芝居は見事でした」

源之助も心底からそう思った。

「夜桜が目に沁みますな」

星空に浮かぶ、薄紅色の桜が夜空に映えていた。それにしても、早崎左京亮はどうするのだろう。しばしの時をくれとのことであったが、不穏なものを感じずにはいられない。完璧主義の御仁だけに身の処し方はきちんとしたものだろう。

四

弥生《やよい》一日、満開の桜が咲き誇っている。春の日差しは柔らかで、この世には一点の曇りさえもないかのようだ。

源之助と善右衛門は碁を打っている。杵屋の母屋、庭に面した縁側で善右衛門が先番、源之助が白番となって対局を進めていた。間もなく三橋丈一郎が指南にやって来る。待っていようかとも思ったが、どちらからともなく、三橋先生がお越しになるまで、自習しようと対局に及んだのだった。

風の清次郎と捨吉は早崎の吟味によって奉行永田備後守から死罪を申し渡された。その御白洲が開かれた日の晩、早崎左京亮は永田への長い書状を残し、切腹して果てた。

永田は早崎を病死扱いにした。

源之助は異を唱えるつもりはない。早崎は言葉通り、自分でけじめをつけたのだ。噂によると、永田に宛てた書状は己の不正を余す所なく正確に書き記したもので、早崎が残した吟味書のようであったという。

辣腕の吟味方与力は、最後に自分の罪を完璧に吟味したのだった。

たった一つの吟味間違いのために身を滅ぼした男、早崎左京亮。英才の誉高く、将来は与力筆頭の年番方与力に就任すること間違いなしと嘱望《しょくぼう》されていた男。

完璧な吟味をしてきたはずが、たった一つ間違いを犯した。しかし、それは早崎にとってはたった一つなのだろうが、間違いによって罪人の汚名を着せられ死罪となった熊蔵には取り返しのつかない間違いなのだ。

神仏でないからには人は間違いを犯す。しかし、だからといって許されるものではない。人を裁くということは、裁かれる者の生涯に責任を負うと覚悟せねばならないのだ。

「京次親分、その後いかがですか」

善右衛門に声をかけられ、はっと我に返った。あわてて盤面を見ながら白石の入った碁笥《ごけ》に手を伸ばした。

「こちらにまいる途中、見舞って来ました。お医者の治療が良かったのか、順調に回復しています。女房が付っきりで看病して、どうにか歩けるようになったとか。そうなると、現金なもので、京次の奴、女房のことを鬱陶しがりましてな」

「それはようございました」

「近々、御奉行より褒美が出ます。金五両だそうで、その金で、今度こそ本当に湯治へでも行ってこいと言ってやりました」

源之助は満面に笑みを広げた。五両の褒美が下賜されることを聞いたお峰は、

「今度は盗まないで簪を買っておくれな」

と、半ば冗談、半ば本気でねだった。京次もいやとは言わなかった。

「おや、風が強くなりましたな」

善右衛門が言ったように強風が吹き、庭に土埃《つちぼこり》が立った。

「いけませぬな、中でやりますか」

源之助の提案を善右衛門が受け入れ、二人は碁盤をそっと持ち上げた。そこへ突風が吹き込んだ。どちらからともなくよろめき、その拍子に盤上の碁石が滑り落ちていった。

「ああっ」

善右衛門が小さく悲鳴を上げた。

「仕方ありませぬな。最初からやり直しますか」

畳の上に碁盤を置くと、源之助は散らばった白石を拾い集めた。

「わたしが勝っていたのに……」

善右衛門は名残《なごり》惜しそうに呟いた。

「これは異なことを申される。局面はわたしに有利でしたぞ」

源之助は堪《たま》らず反論した。

「そんなことはございません。わたしが勝っておりました」

善右衛門も譲らない。

「わたしが有利で……」

源之助は言葉を止めた。目の前に強風に煽《あお》られた桜が桜吹雪《さくらふぶき》となっている。千切《ちぎ》ったような日輪が桜の花を照らし、冬晴れの日の風花《かざはな》のようだ。言葉を失くすほどに美しい光景に見とれていると、善右衛門も気付いたようで空を見上げていた。

風が止み、桜の花が舞い散ったところで、

「初めからやり直しますか」

源之助が言うと、

「そうですな。碁は楽しいものでございます」

善右衛門が応じ、二人はどちらからともなく笑い声を上げた。
笑い声に雲雀《ひばり》の鳴き声が重なる、春ののどけき昼下がりである。

時代小説
二見時代小説文庫

悪手斬り《あくしゅぎ》　居眠《いねむ》り同心《どうしん》　影御用《かげごよう》16

著者　早見《はやみ》　俊《しゅん》

発行所　株式会社　二見書房
東京都千代田区三崎町二―一八―一一
電話　〇三―三五一五―二三一一［営業］
　　　〇三―三五一五―二三一三［編集］
振替　〇〇一七〇―四―二六三九

印刷　株式会社　堀内印刷所
製本　ナショナル製本協同組合

落丁・乱丁本はお取り替えいたします。
定価は、カバーに表示してあります。

ISBN978－4－576－15038－3
http://www.futami.co.jp/

居眠り同心 影御用 源之助 人助け帖
早見俊［著］
凄腕の筆頭同心蔵間源之助はひょんなことで閑職に左遷されてしまった。暇で暇で死にそうな日々にさる大名家の江戸留守居から極秘の影御用が舞い込んだ！ 第1弾！

朝顔の姫 居眠り同心 影御用2
早見俊［著］
元筆頭同心に、御台所様御用人の旗本から息女美玖姫探索の依頼。時を同じくして八丁堀同心の審死が告げられた…左遷された凄腕同心の意地と人情！ 第2弾！

与力の娘 居眠り同心 影御用3
早見俊［著］
吟味方与力の一人娘が役者絵から抜け出たような徒組頭次男坊に懸想した。与力の跡を継ぐ婿候補の身上を探れ！「居眠り番」蔵間源之助に極秘の影御用が…！

犬侍の嫁 居眠り同心 影御用4
早見俊［著］
弘前藩御馬廻り三百石まで出世し、かつて道場で竜虎と謳われた剣友が妻を離縁して江戸へ出奔。同じ頃、弘前藩御納戸頭の斬殺体が柳森稲荷で発見された！

草笛が啼《な》く 居眠り同心 影御用5
早見俊［著］
両替商と老中の裏を探れ！ 北町奉行直々の密命に居眠り同心の目が覚めた！ 同じ頃、見習い同心の源太郎が行き倒れの少年を連れてきて…。大人気シリーズ第5弾！

同心の妹 居眠り同心 影御用6
早見俊［著］
兄妹二人で生きてきた南町の若き豪腕同心が濡れ衣の罠に嵌まった。この身に代えても兄の無実を晴らしたい！ 血を吐くような娘の想いに居眠り番の血がたぎる！

殿さまの貌《かお》 居眠り同心 影御用7
早見俊［著］
逆袈裟魔《ぎゃくげさま》出没の江戸で八万五千石の大名が行方知れずとなった！ 元筆頭同心で今は居眠り番と揶揄される源之助のもとに、ふたつの奇妙な影御用が舞い込んだ！

信念の人 居眠り同心 影御用8

早見俊［著］

元筆頭同心の蔵間源之助に北町奉行と与力から別々に二股の影御用が舞い込んだ。老中も巻き込む阿片事件！ 同心の誇りを貫き通せるか。大人気シリーズ第8弾！

惑いの剣 居眠り同心 影御用9

早見俊［著］

居眠り番蔵間源之助と岡っ引京次が場末の酒場で助けた男の正体は、大奥出入りの高名な絵師だった。なぜ無銭飲食などをしたのか？ これが事件の発端となり…。

青嵐《せいらん》を斬る 居眠り同心 影御用10

早見俊［著］

暇をもてあます源之助が釣りをしていると、暴れ馬に乗った瀕死の武士が…。信濃木曽十万石の名門大名家に届けてほしいとその男に書状を託された源之助は…。

風神狩り 居眠り同心 影御用11

早見俊［著］

源之助の一人息子で同心見習いの源太郎が夜鷹殺しの現場で捕縛された！ 濡れ衣だと言う源太郎。折しも街道筋を盗賊「風神の喜代四郎」一味が跋扈していた！

嵐の予兆 居眠り同心 影御用12

早見俊［著］

居眠り同心の息子源太郎は大盗賊「極楽坊主の妙蓮」を護送する大任で雪の箱根へ。父源之助の許には妙蓮絡みの奇妙な影御用が舞い込んだ。同心父子に迫る危機！

七福神斬り 居眠り同心 影御用13

早見俊［著］

元普請奉行が殺害され亡骸には奇妙な細工！ 向島七福神巡りの名所で連続する不思議な殺人事件。父源之助と新任同心の息子源太郎よる「親子御用」が始まった。

名門斬り 居眠り同心 影御用14

早見俊［著］

身を持ち崩した名門旗本の御曹司を連れ戻すという単純な依頼には、一筋縄ではいかぬ深い陰謀が秘められていた。事態は思わぬ展開へ！ 同心父子にも危険が迫る！

二見時代小説文庫

闇の狐狩り 居眠り同心 影御用15

早見俊［著］

碁を打った帰り道、四人の黒覆面の侍たちに斬りかかられた源之助。翌朝、なんと四人のうちのひとりが、寺社奉行の用人と称して秘密の御用を依頼してきた。

憤怒の剣 目安番こって牛征史郎

早見俊［著］

九代将軍の世、旗本直参千石の次男坊に将軍の側近・大岡忠光から密命がくだされた。六尺二十貫の巨軀に優しい目、快男児・花輪征史郎の胸のすくような大活躍！

誓いの酒 目安番こって牛征史郎2

早見俊［著］

大岡忠光から再び密命が下った。将軍家重の次女が輿入れする喜多方藩に御家騒動の恐れとの投書の真偽を確かめよという。征史郎は投書した両替商に出向くが…

虚飾の舞 目安番こって牛征史郎3

早見俊［著］

目安箱に不気味な投書。江戸城に勅使を迎える日、忠臣蔵以上の何かが起きる…。目安番・征史郎は投書の裏を探り始めた。征史郎の剣と兄・征一郎の頭脳が策謀を断つ！

雷剣の都 目安番こって牛征史郎4

早見俊［著］

京都所司代が怪死した。真相を探るべく京に上った目安番・花輪征史郎の前に、驚愕の光景が展開される…。大兵豪腕の若き剣士が秘刀で将軍呪殺の謀略を断つ！

父子の剣 目安番こって牛征史郎5

早見俊［著］

将軍の側近が毒殺され、現場に居合わせた征史郎にまで嫌疑がかけられる！この窮地を抜けられるか？元隠密廻り同心と倅の若き同心が江戸の悪に立ち向かう！